MAXIME FORMONT

LA CHAMBRE VIDE

Illustrations de
Maurice MILLIÈRE.

LA RENAISSANCE DU LIVRE

LA CHAMBRE VIDE

MAXIME FORMONT

LA

CHAMBRE VIDE

ILLUSTRATIONS DE MAURICE MILLIERE

PARIS

LA RENAISSANCE DU LIVRE

78, BOULEVARD SAINT-MICHEL, 78

MAXIME FORMONT

C'est avec e *Sacrifice* que M. Maxime Formont est entré dans la collection « In Extenso ». Ce beau roman y plut. On en goûta la simplicité des lignes, la noblesse du sujet, l'émotion de l'intrigue. La *Chambre vide* ne sera pas sans rappeler maintes de ces qualités, toutefois dans moins de rigidité, et avec en plus un sens du mystère qui saisit le lecteur tout entier.

Mais que l'intérêt de ces livres ne m'éloigne pas de mon sujet : présenter leur auteur. Tout d'abord celui-ci s'affirma romancier parisien, voire mondain, alliait à ses audaces le souci constant de garder le ton de la bonne compagnie et cette pure tradition du style français qu'il faut louer en lui. Ce furent *l'Inassouvie*, *Courtisane*, *la Faute amoureuse*, *l'Enervée*, *la Grande amoureuse*, et trois recueils de contes : *Voluptés*, *Perversités*, *l'Amour passe*. Ultérieurement nous ferons, par la publication de *l'Enervée*, connaître cette phase de la production de M. Maxime Formont, où — notons-le — le poète s'est plus d'une fois montré jusque dans les analyses les plus sceptiques et les plus hardies.

Puis voici, traités plus longuement et s'adressant à un public plus étendu, les romans de la seconde manière de M. Formont : *le Pêche de la morte*, *le Baiser rouge*, *le Sacrifice*, *les Mauvaises maîtresses*, *le Semeur*, *le Risque*, *la Fausse coupable*, *la Chambre vide*, *l'Enchanteresse*, *la Torture*, *l'Audace*, *la Dame blanche* (qui se déroule durant la guerre), sortes de tragédies domestiques par la donnée dramatique sur laquelle chacun de ces romans repose, par aussi la gradation de l'intérêt ému que l'on porte aux acteurs de ce drame. J'ai entendu regretter que certains de ces romans n'aient pas été portés au théâtre ; de fait, il semble qu'ils y seraient fort à leur aise.

Tout en même temps qu'il écrivait ces romans modernes, M. Formont s'est, dans le roman historique, fait une place de plemier plan, en marge, à vrai dire, car il a estimé qu'il fallait donner à ses reconstitutions de la saveur et de la couleur, et ne pas les priver de style. Or, vous savez combien de romanciers de la spécialité n'en ont cure : le soin de la vérité historique les laisse aussi froids que le souci du style. Du moins le public français — le public étranger aussi, et jusqu'en Amérique — a-t-il récompensé M. Formont de son effort par le succès qu'il a fait à *la Princesse de Venise* (la ville des Doges avant la décadence), à *la Florentine* (Florence au temps de Botticelli), à *la Louve* (Rome sous les Borgia,) *la Danseuse* (Pompéi.)

Ce romancier est aussi un poète. Il avait débuté par un recueil au lyrisme idéaliste et impersonnel : *les Refuges*. Puis — et c'est là une œuvre unique en notre temps et bic   rare en tous les temps — héroïque et fidèle « amant », anisi qu'on disait au xvii° siècle, alors que l'héroïne de Jean Racine murmurait :

> *Et que le jour commence et que le jour finisse*
> *Sans que jamais Titus puisse voir Bérénice...*

— héroïque, donc, et fidèle amant, M. Maxime Formont, en l'honneur de la Dame de ses pensées, — car comment ne pas employer ici le langage des cours d'amour? — écrit *la Gloire de la Rose*, beau triptyque qui comprend : *le Triomphe de la Rose*, *le Cantique de la Rose*, *la Gloire de la Rose*.

J'ouvre la préface du second de ces trois recueils et j'y lis : « J'ose donc espérer, mon amie, qu'après moi quelqu'un vous retrouvera et vous aimera encore dans mes vers. A l'inconnu qui me lira je déclare que je vous ai chérie, entre le néant et l'éternité, au delà de toute expression humaine ». Je ne pense pas qu'il soit plus tendre déclaration de poète. Or, celui-ci ne s'en tient point à aimer, et la valeur de son œuvre justifie la promesse que lui a publiquement adressée José-Maria de Heredia · « Grâce à vous, celle à qui vous devez l'essence qui parfume vos vers, cette mystérieuse et bienheureuse Rose est assurée de vivre plus que ne vivent les roses. »

Ainsi, tout en réalisant ce que M. Auguste Dorchain a déclaré être « une des œuvres les plus tendres les plus pures et les plus achevées de la poésie contemporaine », M. Maxime Formont a tressé la plus fervente guirlande d'amour.

C'est là un beau dest n l

LA CHAMBRE VIDE

PREMIÈRE PARTIE

Il y a quelques années, le parquet de Melun eut à s'occuper d'une étrange affaire. Elle est maintenant à peu près oubliée, mais à cette époque elle obséda longuement les imaginations. Rarement la justice avait eu à débrouiller pareille énigme ; elle n'y devait pas réussir. Le mystère se défendit. Magistrats, policiers et journalistes en furent pour leurs recherches, d'abord patientes, puis fiévreuses, car le défi de l'inconnu les exaspérait. Finalement, il fallut en prendre son parti, classer l'affaire, et cela fit un dossier de plus.

A la sortie d'Arbonne, la route de Melun à La Chapelle-la-Reine contourne la forêt de Fontainebleau. Un peu en retrait du chemin, dans une clairière qui avoisine le canton de la Gorge-aux-Archers, un pavillon isolé se dresse. Abandonné aujourd'hui, il était habité alors par quatre personnes : deux nouveaux mariés et le couple de domestiques qui les servait. Un ménage d'amoureux cherchant la solitude avait loué pour la saison ce gîte perdu, que les fournisseurs d'Arbonne ou d'Achères venaient ravitailler en voiture.

Un matin, comme d'habitude, le boulanger arrêta sa carriole devant la maison. Il sauta à terre et se dirigea vers la porte : elle était ouverte. Il appela pour qu'on vînt prendre les pains. Personne ne répondit ; il recommença inutilement. Maugréant un peu, il déposa sa charge sur une table, après quoi il regagna son siège et continua sa route.

Le boucher passa deux heures plus tard ; il vit aussi la maison déserte et monta jusqu'au premier étage, en quête d'un domestique qui ne se rencontra point. Toutes les chambres étaient ouvertes, chose extraor-dinaire dans un logis laissé sans gardien, entre la route et la forêt.

Enfin, deux commères d'Arbonne, qui avaient des commissions pour la jeune femme, se présentèrent ensemble et restèrent ébahies devant le pavillon sans habitants, toutes portes béantes. L'une d'elles hocha la tête, soupçonna des brigands, un vol. La moisson commençait. Des « gars de batterie » avaient dû passer par là, allant de Chailly-en-Bière à la Chapelle. Ces ouvriers de hasard ont si mauvaise réputation !

Un vol, soit. Mais qu'étaient devenus la dame et les deux serviteurs? Les avait-on fait disparaître?

Sans en chercher plus long, sans vouloir même s'enquérir des dégâts, elles quittèrent précipitamment le lieu où l'on avait dû faire la « pillerie ». Quelque garde aurait pu survenir ; il n'est jamais bon, même quand on a la conscience nette, d'être aperçu dans un endroit où il y a du louche.

En revenant au pays, elles ne se tinrent pas de bavarder. Tout Arbonne, en quelques minutes, sut qu'il se passait « des choses » dans la maison des Parisiens. On s'expliquait bien l'absence du mari : la veille, il avait été vu en voiture sur la route de Melun; il allait prendre le train, probablement. Mais les trois autres? Et cette maison abandonnée, tout ouverte, à la merci des chemineaux?

La curiosité tentait les gens d'y regarder de plus près. Toutefois, ils s'abstinrent. La justice est si soupçonneuse ! Ils ne tenaient pas à endosser les vols et les malhonnêtetés qui avaient dû se commettre là dedans. Il fallait attendre le mari pour les constatations.

D'ailleurs, on n'aurait certainement pas à patienter beaucoup.

« Quand je l'ai rencontré qui s'en allait dans la voiture du maire, dit quelqu'un, il n'avait point de bagages. Il ne peut point être longtemps. »

En effet, avant le coucher du soleil, le maître du pavillon était de retour, poudreux et couvert de sueur. Il avait fait une marche forcée depuis Barbizon, talonné par un pressentiment. Appelé à Paris par télégramme chez un de ses amis, il avait trouvé l'appartement clos ; la concierge ahurie avait répon-

*Le boulanger avait appelé vainement
pour qu'on vînt prendre ses pains.*

du, à toutes ses questions que « Monsieur n'était pas encore revenu de la mer ». Donc, la dépêche était fausse. Quelqu'un la lui aurait-il envoyée pour se donner la joie de le faire courir inutilement? Il ne connaissait personne qui fût capable d'une farce aussi stupide. Ce qu'il craignait était bien pire qu'une mystification.

On aurait eu intérêt à l'éloigner. Qui?

Pourquoi? Que s'était-il passé pendant son absence? Son angoisse augmentait en approchant. Avant d'atteindre Arbonne, il avait l'appréhension d'un malheur ; quand il entra, ce fut la certitude.

Il vit des groupes qui gesticulaient. Des enfants se jetèrent dans ses jambes, criant à tue-tête :

« Monsieur ! monsieur ! venez vite ! il y a quelque chose chez vous.

— Qu'est-ce que c'est? demanda-t-il avec un battement de cœur.

— On ne sait pas encore. Tout est ouvert, et il n'y a personne, répondirent les commères.

— Comment, Madame n'est pas là?

— Ni Madame ni les domestiques. Personne, mon pauvre monsieur. »

Le jeune homme, qui avait continué de marcher en parlant, s'arrêta net.

« Est-ce qu'*ils* l'ont tuée? » murmura-t-il.

Nul ne fit attention à cette phrase : les esprits étaient bien trop surexcités. Des deux bouts du village, tous ceux qui n'étaient ni aux champs ni à la forêt accouraient pêle-mêle : le Parisien était revenu, on allait savoir. Un paysan qui rentrait et n'avait pas encore dételé offrit sa carriole. Le jeune homme y monta avec le maire et le garde champêtre ; la voiture fila. Rapidement, elle franchit les trois kilomètres qui séparent le pavillon du centre d'Arbonne.

Elle n'était pas arrêtée que le maître du logis sautait à terre, courait vers la maison. En quelques bonds, il eut gravi l'escalier, il fut dans la chambre de la disparue.

Il savait bien que cette pièce serait vide ; pourtant quand il l'eut regardée du seuil, il fut quelques secondes avant de pouvoir franchir la porte. Était-ce le saisissement du brusque face à face avec la réalité, l'effroi du néant plus redoutable qu'un spectre? S'il avait vu le fantôme de la jeune femme se dresser d'un fauteuil, il lui aurait ouvert les bras. Mais devant la chambre vide il avait peur.

Néanmoins il y pénétra. Le soleil flottait encore sur les boiseries et les pâlissait. Il faisait briller le cuir fauve de deux petits souliers traînant sur le tapis ; il jouait avec les grains de corail d'un collier qui s'enroulait aux flancs d'une statuette. On n'avait touché à rien, ni à la serrure de l'armoire, ni aux ferrements du coffret vénitien où étaient les bijoux. En ouvrant une porte, le mari constata d'un coup d'œil que toutes les robes de la jeune femme étaient dans la penderie, même celle qui lui servait pour ses excursions en forêt. Elle n'était donc pas habillée lors de l'assassinat ou de l'enlèvement ; elle n'avait que son peignoir et ses mules. Un bouquet de corsage, qu'elle avait porté la veille, achevait de mourir dans un calice à tige mince ; ses doigts avaient dû effleurer, quelques instants avant le crime, la mandoline décrochée du mur et posée sur une chaise longue, à côté d'un miroir où le malheureux croyait voir renaître *son* visage.

Il eut un moment d'espoir absurde. L'ovale de la glace allait peut-être s'animer de *son* sourire, dans le cadre de filigrane ; l'instrument retrouverait tout à coup son âme musicale ; l'absente allait surgir de derrière un rideau. Tout cela n'était qu'un jeu de cache-cache très cruel pour voir s'il l'aimait bien, s'il serait assez désespéré en la croyant partie pour toujours. Hébété, il regardait et il tendait l'oreille. Mais dans la chambre vide il n'y avait que du silence et du crépuscule.

« Si l'on allait visiter les autres pièces? proposa l'un de ceux qui l'accompagnaient.

— Allons, » répondit-il.

Il conduisit les deux hommes à l'étage supérieur, où se trouvaient les chambres de domestiques et le grenier. Puis ils redescendirent au rez-de-chaussée, examinèrent le salon, la salle à manger et la cuisine, sans y relever la moindre trace de violence ni même le moindre désordre. On n'avait rien volé, on n'avait rien dérangé. Singuliers criminels !

« Demain matin, dit le maire, j'irai à Barbizon télégraphier à la gendarmerie de Melun; ce soir, j'arriverais trop tard, le bureau serait fermé. Au revoir, mon bon monsieur, ne vous désolez pas. Ce n'est peut-être qu'une fausse alerte. Vous allez coucher ici? Vous n'aurez pas peur? »

Le jeune homme haussa les épaules.

« C'est qu'on ne sait pas... après une histoire pareille... Pourtant, d'habitude, le pays est sûr... Enfin, si c'est votre idée... Vous n'avez besoin de rien?

— Non, merci.

— Alors, à demain. »

Ils le laissèrent et remontèrent dans la voiture. L'homme qui était resté à garder le cheval les questionnait ; ils lui répondaient de leurs voix perçantes, habituées aux conversations glapies d'un champ à l'autre. Enfin, après un claquement de fouet, la voiture s'en alla. La campagne redevint muette sous le ciel rose et bleu.

Le malheureux remonta l'escalier, rentra dans la chambre vide. Il fit, en chancelant, quelques pas. Il alla tomber à genoux devant le lit ouvert où *elle* n'avait pas eu le temps de se coucher.

Sanglotant, il posa son front sur les draps.

« Ils l'ont tuée, » répéta-t-il.

La forêt frémissait sous les fenêtres ; le soir descendait dans les pins.

Pendant ce temps, la carriole avait atteint Arbonne. Des groupes l'entouraient, le maire donnait des explications.

« Pour moi, concluait-il, ce sont les domestiques qui ont fait le coup. Dans ce moment-là, il aura passé une voiture ou une auto sur la route : ils ont eu peur, et ils se sont sauvés avant de pouvoir rien prendre.

— Et la dame?

— Ils s'en sont débarrassés. Je parie que demain les gendarmes vont la trouver dans un buisson, ou derrière quelque roche. Elle ne doit pas être loin. »

Quelqu'un remarqua :

« Ça leur apprendra, à ces Parisiens, à chercher leurs domestiques dans les bureaux de placement, au lieu de faire travailler les gens du pays. »

Le maire rabroua sévèrement celui qui venait de parler.

« Toi, tu aurais mieux fait de te taire. Il n'y a rien à dire de ceux-là. Ils n'étaient pas fiers ni regardants. Ils ne faisaient que du bien. »

Mais de toutes les cheminées sortait la fumée du souper ; les bavards se séparèrent. Les derniers travailleurs revenaient du côté de Macherin.

Le lendemain, arrivèrent les gendarmes, le procureur, le juge d'instruction ; ils recueillirent les dépositions du maire, de son acolyte et des autres, puis se dirigèrent vers le pavillon. Hébété de douleur, brisé par une nuit de veille pire qu'un cauchemar, tellement les spectres l'avaient assiégée, le jeune homme

Le jeune homme tomba à genoux devant le lit ouvert.

dut guider les magistrats de chambre en chambre, écouter leurs questions, y répondre. Les hommes qui, par fonction sociale, recherchent la vérité, n'ont pas le loisir d'être pitoyables. Celui qui se considérait déjà comme veuf fut obligé d'assister à toute l'enquête et d'y prendre part.

On descendit dans le puits du jardin, on y fit des sondages pour voir s'il ne contenait pas de cadavre. Pendant ce temps, un gendarme et un garde battaient les taillis voisins. On explora la cave, où se trouvait une provision de bois ; on écarta les fagots qui auraient pu cacher le corps. Auparavant, on avait fouillé tous les placards, ouvert toutes les malles.

Le maître du logis, avant même que les recherches fussent commencées, semblait avoir désespéré de leurs résultats. Il gardait un air de morne indifférence ; quelquefois seulement il pressait un mouchoir contre sa bouche, pour étouffer un sanglot.

Le maire eut une idée :

« Si nous interrogions Paulet? dit-il. Il passe la moitié des nuits dans les bois ; il a peut-être vu quelque chose, lui. »

C'était le fils du garde de la Charme, poste situé dar un domaine particulier, hors de la forêt. On le surnommait l'Innocent : trop simple d'esprit pour être bon à quoi que ce fût, sauf à cueillir des cèpes le long des chemins, sa manie était d'errer à minuit tout seul dans la campagne ; son père et sa mère avaient beau l'enfermer, il trouvait toujours moyen de sauter par une fenêtre, et souvent ne rentrait qu'à l'aurore, dormant une partie du jour au soleil.

Le garde champêtre s'offrit à l'aller chercher ; l'Innocent devait être en ce moment à muser autour de sa maison. Au bout d'une demiheure, il était de retour avec lui.

« Eh bien, Paulet, demanda le maire de son ton le plus encourageant, est-ce que tu te promènes encore la nuit dans les bois?

— Oui, répondit le grand garçon de dix-huit ans, avec un rire puéril.

— De quel côté? Par ici?

— Oui-da.

— Tu dois voir de belles choses en marchant comme ça pendant que les autres dorment.

— Oh ! oui. Des étoiles. Beaucoup d'étoiles. Ça fourmille.

— C'est tout ?

— Mais oui.

— Rappelle-toi bien. On croit savoir qu'il y a eu quelque chose ici, avant-hier, une batterie, des gens qui étaient venus pour mal faire et qui se sont sauvés avant qu'on ait pu les joindre.

— Ça se pourrait.

— Tu n'as rien remarqué, toi, Paulet ?

— Dame, non. J'ai regardé les étoiles. Ça brillait. »

La figure de l'Innocent avait pris son expression la plus stupide : elle s'était refermée. Il ne répondit pas davantage : il parut même ne plus entendre. On le laissa s'en aller ; il savait son chemin.

A quelque distance, il s'arrêta. Ses traits se contractèrent, ses yeux s'ouvrirent, ses lèvres se mirent à trembler. On devinait en lui-même une lutte qui l'étouffait. Il fit un mouvement pour revenir. Mais, presque aussitôt, à cette expression d'horreur et de révolte une autre succéda, craintive, humiliée. L'Innocent baissa la tête et sembla demander pardon à quelqu'un d'invisible, présent pour lui seul.

Etait-ce donc si sûr qu'il n'avait rien vu ?

Puis il redevint l'idiot aux yeux morts dans un visage régulier et doux ; il reprit sa route en sifflotant.

Cependant, le juge, ayant fouillé partout, considérait son enquête comme terminée pour ce jour-là. Ainsi que le maire, il était enclin à soupçonner les domestiques, qui avaient dû favoriser le crime, sinon l'accomplir eux-mêmes. Ils avaient disparu comme la jeune femme ; on ne supprime pas d'un seul coup trois personnes sans qu'il y ait quelque lutte ; or, la scène mystérieuse n'avait laissé, ni dans la maison ni dans les environs, aucune trace de violence. Ces gens n'avaient pas eu à se défendre par la force contre l'attentat ; ils n'en étaient pas les victimes, ils en étaient les auteurs ou les complices.

Questionné par le juge d'instruction, le jeune homme ne put lui donner, sur les deux serviteurs, que des renseignements favorables. Ils s'étaient présentés chez lui, envoyés par une agence, avant son départ pour la campagne, et, sur le vu de leurs certificats, il les

avait engagés. Depuis, il les avait toujours trouvés corrects, respectueux et d'une grande régularité dans leur service. Le mari prenait soin de la maison, s'occupait de la cuisine ; la femme était une camériste assez adroite. C'était tout.

En écoutant ces réponses, le juge paraissait songer à autre chose : depuis quelques instants une idée avait surgi dans son cerveau et lui faisait presque oublier l'interrogatoire.

S'étant aperçu que le procureur venait de s'écarter pour donner des ordres au brigadier de gendarmerie, il se tourna vers le jeune homme et lui dit d'un ton confidentiel :

« Pendant que nous sommes seuls, monsieur, laissez-moi vous poser une question. Voici un moment que je réfléchis à une hypothèse qui me paraît, en la circonstance, beaucoup plus vraisemblable que celle de l'assassinat.

— Laquelle, monsieur ? interrogea le malheureux, soulevé de sa détresse par un vague espoir.

— Celle d'une fuite... ou d'un enlèvement.

— Comment, monsieur ? Qu'insinuez-vous ?... Vous la soupçonneriez, elle ?

— Je vous supplie de me répondre avec sang-froid. Auriez-vous connaissance, dans un passé lointain ou proche, d'un fait quelconque qui permit de supposer chez votre femme l'intention d'abandonner la vie conjugale ?

— Monsieur !...

— Monsieur, en vous interrogeant, je fais mon devoir... »

Il le faisait, en effet, avec cette cruauté qui n'est parfois que de la lourdeur de main dans le maniement des âmes meurtries.

« Eh bien, monsieur, je vais vous répondre. J'adorais ma femme et elle m'aimait. Nous étions venus ici, sur son propre désir, afin d'être plus seuls, plus exclusivement l'un à l'autre. Notre union et notre affection réciproques étaient évidentes pour tous. Par ce que j'endure depuis hier, je vous affirme que ceci est la vérité.

— J'en suis convaincu, monsieur, répliqua le juge radouci. Mais votre réponse laisse subsister la seconde conjecture : l'enlèvement. Quelqu'un de peu scrupuleux a pu s'éprendre de la jeune femme, même à son insu et au vôtre. Peut-être dans vos relations...

— Depuis notre mariage, qui est presque récent, nous n'avons fait que voyager ; nous avons seulement traversé Paris, en revenant

**

d'Angleterre, et nous n'y avons reçu personne.

— Bien. Mais si l'enlèvement était un acte de vengeance?... Elle avait peut-être des ennemis personnels?... Ou vous-même?

Le jeune homme pâlit.

— Monsieur, j'ai une confidence à vous faire, à vous seul.

— Parlez.

— Ce serait trop long. Voulez-vous me recevoir demain dans votre cabinet?

— Mais sans aucun doute.

— Alors, à demain matin.

L'entretien qui eut lieu entre les deux hommes dura longtemps, en effet. Le juge écoutait son interlocuteur avec des expressions variables de surprise et de doute. Ce qu'on lui apprenait gênait l'essor de son imagination, dérangeait l'explication moitié scandaleuse, moitié romanesque, qu'il avait élaborée. Il lui coûtait d'y renoncer. Mais la parole du jeune homme se faisait de plus en plus pressante ; il alléguait des faits, il citait des noms dont il fallait tenir compte. Le magistrat en prit note.

La conversation finie, ils se saluèrent, et le témoin sortit, laissant le juge déconcerté par la destruction de son petit roman, mais non encore convaincu.

Le lendemain, une dame de quarante ans environ, qui restait belle, tout exténuée qu'elle fût par la douleur, se présentait à son cabinet. C'était la mère de la victime. Prévenue par dépêche, elle était accourue d'Angleterre ; elle arrivait à moitié folle.

Défaillante, balbutiante, aveuglée de larmes, étranglée de sanglots, elle lui refit le même récit qu'il avait entendu la veille, de la bouche du jeune homme, désigna les mêmes criminels.

— Ma fille a été assassinée, monsieur, prononça-t-elle en se retenant d'une main au bureau du magistrat pour ne pas tomber. Et elle a été assassinée par *eux*. Les domestiques ont pu faciliter le crime, mais ce sont *eux*, les autres, qui l'ont commis.

Le juge fut bien obligé d'orienter son enquête dans le sens que lui indiquait ce double et conforme témoignage. Dans toute la région et à Paris même, on recherche les personnes nommées par le mari et la mère de la jeune femme. On arrêta quelques touristes inoffensifs qu'il fallut relâcher avec des excuses : ce fut tout. Il en fut de même pour les deux domestiques, qui restèrent introuvables ; la chambre vide garda son secret.

Mais toute la presse avait retenti de l'affaire. A Barbizon, à Marlotte, à Fontainebleau, dans les hôtels et dans les villas, elle fut l'aliment unique des conversations autour des tables de bridge, sur les terrasses fleuries, dans les salons de lecture, les fumoirs. Ce fut le mystère à la mode pendant la saison.

On n'en parla pas moins dans les villages, pendant les veillées. Toutefois, les commentaires différaient. Des deux versions qui tentaient d'expliquer l'inexplicable, chacun de ces deux mondes opposés avait adopté celle qui flattait le mieux ses instincts. Les riches oisifs disséminés dans les villégiatures s'en tenaient à l'hypothèse de l'enlèvement en automobile : l'aventure classique s'adaptait à la paresse de leurs imaginations et se relevait cependant d'un grain de scandale qui la rendait très parisienne. L'autorité judiciaire se fit complice de ces sceptiques, en propageant le plus possible celle des deux théories qui avait l'avantage de sauvegarder son prestige. On ne pouvait lui reprocher son impuissance à découvrir les auteurs du crime, du moment que le crime était supprimé.

Dans la suite, quand ils se retrouvaient à Paris ou sur la Riviera, les élégants pèlerins de la forêt, pour fixer une date ou un souvenir, disaient volontiers :

« C'était cette année où il y eut un enlèvement si romanesque dans cette maison au bord d'une route, vous savez bien? »

Ce fut ainsi qu'ils en parlèrent — jusqu'à ce qu'ils n'en parlassent plus.

Mais la légende du crime s'implanta dans la cervelle des paysans.

Désormais, il y eut un fantôme dans la contrée ; il habita les solitudes de la Haute-Borne, où les pins frissonnent, il se mêla à la lividité des dunes qui, de loin, autour d'Arbonne, semblent des glaciers. Le soir, il surgit entre les roches blanches de Cornebiche, pareilles aux dalles d'un cimetière de montagne. Ces parages de la forêt étaient austères ; il les rendit lugubres. La clairière du Mont-Aigu, près de Fontainebleau, a son Chasseur Noir, qui se manifesta encore à une jeune Anglaise vers la fin du dernier siècle ; non loin d'Achères, à l'orée de la forêt, rôde l'ombre de la Sambine assassinée ; désormais, ce canton mélancolique eut aussi sa Dame Blanche, sa plaintive revenante. Là, jamais un rossignol n'a chanté ; on n'y entend que les geais rire et les corbeaux croasser à travers l'étendue. Maintenant, une voix de la tombe y sanglote au fond de la vallée des Béorlots, où il ne fait jamais tout à fait jour ; une forme de brume s'essore du pâle fouillis des roseaux, au bord de la mare des Couleuvreux où dorment les fièvres.

La vieille forêt est hantée maintenant, et toute la région riveraine, les bois inextricables de la Charme et les blêmes sablières. Un cauchemar y est installé.

qui n'est celui d'aucune autre ; il agit d'abord sur le promeneur à la façon d'un sortilège. Dès qu'on passe le seuil, on entre dans la féerie tout éveillé ; la nature devient comme surnaturelle ; les choses ont pris l'air de la légende. Ce n'est point une forêt qui commence : c'est un monde. Un poème d'arbres et de pierres, marqué dans sa diversité même qui est infinie, de cette unité d'où sort la

Chez le juge d'instruction.

Pourtant, ce qu'il y a de plus tragique pour celui qui sait écouter et sentir l'âme des choses, ce n'est pas le désert de cendres et de rochers, ce n'est pas le mystère de la pinède et son immensité noire qui bouge, ce n'est pas la mare fiévreuse où les herbes imitent des chevelures de noyées.

C'est là-bas, au bord de la route, dans le petit pavillon de chasse, la chambre d'où *elle* est partie, d'où *ils* l'ont emportée.

La Chambre vide.

II

La forêt de Fontainebleau a son mystère,

grandeur. Il a suffi de trois tons dominants, qui reviennent par intervalles accabler l'âme de leur obsession. Le noir dur des pins, le vert tendre des bouleaux, la pâleur des blocs tumulaires, règnent ici comme les trois notes fatales du motif conducteur tyrannisant un orchestre. De cette monotonie, sœur de l'éternité, jaillit le sublime.

Mais, si la symphonie est une dans son ensemble par l'austérité de ses lignes, combien de thèmes elle emprunte au passage sans dépouiller son âpre accent ! Comment dénombrer les formes où la beauté de la forêt se multiplie? Vallons, gorges, platières, landes, plaines et futaies, ses cantons sont autant d'univers. Tantôt elle vous barre la route avec le défilé de ses rochers tragiques ; tantôt elle suspend le vol des brises sur la paix de ses dormoirs. A Franchard, elle vous enferme étroitement entre des falaises interminables, comme en des Thermopyles que hérisserait une armée de granit ; puis, elle ouvre devant vous à perte d'horizon, jusqu'où meurt la lumière bleue, la savane de Champfroid. Autour du Fort-l'Empereur, les ajoncs allument la brousse de fleurs d'or en si grand nombre qu'on dirait toutes les étoiles tombées du ciel ; les bruyères, en été, font un lac mauve de la plaine du Mont-Aigu. Sur les rampes de Clairbois, la vue plane charmée comme sur un vallon du Tyrol ; la descente de la Malmontagne plonge dans un abîme vert qui donne le vertige. Avec son désespoir immuable, le Désert d'Apremont n'assombrit pas l'idylle toute proche du Bas-Bréau, ni les pacages étalés sous le couvert des grands chênes.

Écoutez les oiseaux de proie au crépuscule dans les Gorges-du-Houx ; perdez-vous un soir d'hiver dans la solitude de la Haute-Borne ; rôdez par une fin de jour d'automne dans les sentiers du Long-Rocher, parmi des paysages de Léonard et de Dante ; remplissez votre rêve des dix lieues de nature qui s'étendent autour du Cuvier-Châtillon ; regardez les dernières feuilles de novembre, pareilles à des larmes d'or, rayer d'un sillage lent l'air qui s'enténèbre au Nid-de-l'Aigle : vous ne croirez plus que les poètes et les peintres ont trop exalté la forêt, cette forêt qui semble accueillir ses amis avec une joie mystérieuse, car son sol élastique tressaille étrangement sous leur pied qui le foule.

Comme une maîtresse hautaine, c'est pour sa sévérité même qu'on la préfère. Certes, c'est un délice d'errer dans un dédale de songes aux bocages de la Solle, sous les ombrages de la Tillaie et dans la plaine des Écouettes, que traverse parfois le passage d'un cerf, comme un glissement de fantôme. Le chemin de la Gorge-aux-Loups est bordé d'enchantements, et l'on imagine, sur la Mare-aux-Fées, la ronde des willis et des loreleys. Les gazons d'émeraude claire qui couronnent le plateau de Franchard sont faits pour les pieds nus des fioramyes. Pourtant, ce n'est point sous ces aspects, quand elle condescend à la grâce, que la Sylve triomphe plus invinciblement ; c'est quand elle se montre, comme au Rocher des Hautes-Plaines ou dans le cirque de l'Enfer, terrible

et désolée. Bouleaux fantômes, grès livides et pins funéraires, la vision uniforme est ineffaçable.

Ceux qu'elle a su conquérir ne se déprendront pas facilement d'elle et de son charme amer. Il faudra qu'ils reviennent souvent respirer dans ses solitudes son air sec et subtil, que chauffent des parfums de résines, presser d'un pied joyeux son sol enfin retrouvé, son sol couvert d'aiguilles de sapin, qui rebondit sous les pas. Ils l'aiment, cette forêt, avec nostalgie, comme on aime la montagne et la mer.

Après tant d'autres, le jeune homme qui se tenait debout sur un éperon de rocher, au-dessus du chemin de Clairbois, avait subi cette attraction si puissante sur les artistes. Jean Valmer eût peut-être hésité à prendre ce titre, qu'on usurpe trop facilement aujourd'hui. S'il avait l'âme et l'instinct d'un paysagiste, il ne s'attribuait lui-même que le talent d'un amateur. Et, s'il revenait chaque année dans sa chère forêt, ce n'était point qu'il ambitionnât d'en fixer des images définitives : les ébauches qu'il traçait parfois en cours de promenade lui servaient surtout à préciser son rêve, afin d'en mieux jouir. Il avait trop peu travaillé : resté de bonne heure sans parents, maître d'une certaine fortune, l'aisance l'avait dispensé d'un effort auquel il n'était guère enclin. Un peu de nonchalance, joint à beaucoup de modestie le lui déconseillait : il aspirait sincèrement à l'idéal, mais n'était point de ceux qui le font entrer de force dans leurs œuvres.

Ce matin encore il était venu, avec son pliant et sa boîte d'aquarelle, faire halte devant un de ses paysages favoris. Il avait pris à gauche le sentier qui domine la route de Clairbois et dépassé la grotte des Dryades : à cet endroit, un banc de rochers s'avance en forme de belvédère ; il s'y était installé. En bas, le ravin s'ouvre profondément, gouffre de fraîcheur verte, où le chemin serpente et s'attarde ; les pins s'étagent sur les pentes qu'ils couvrent d'une houle immobile, mais, plus loin, les collines pierreuses qui semblent à peine sorties du chaos annoncent le désert d'Apremont. Plus loin encore, l'armée des arbres, descendue des hauteurs, se répand dans la plaine. Puis, c'est la forêt qui meurt en quelques ondulations suprêmes, de tendres prairies soudain révélées, la campagne apparue parmi des fumées bleues et des cendrées de soleil.

— S'il vous plaît, monsieur, pour retourner à Fontainebleau ?...

Le son inattendu des paroles prononcées tout près de lui réveilla Valmer de sa contemplation. Il tressaillit légèrement, et, s'étant retourné, il aperçut deux dames arrêtées à quelques pas en arrière : une jeune fille et une jeune femme.

La jeune fille était exquisement jolie, avec quelque chose de vif et d'étrange dans sa beauté qui lui donnait un peu l'air d'une Américaine. Autour de son grand chapeau, elle portait un de ces voiles longs, à la mode cette année, que le vent enroulait et déroulait tour à tour. Le visage délicat paraissait très blanc sous les masses brunes des cheveux, la taille était mince et robuste, le corps nerveux dans sa finesse. Mais ce qu'on voyait d'elle tout d'abord, c'étaient des yeux noirs qu'habitait une lueur singulière, des yeux à la fois mobiles et profonds, des yeux indéfinissables et qui n'étaient d'aucun pays.

Valmer en était tellement frappé qu'il ne répondit pas tout de suite. L'autre dame dut répéter sa question, ce qu'elle fit avec une pointe d'accent britannique.

Confus, il se hâta de lui fournir le renseignement souhaité.

— Vous n'avez, madame, qu'à suivre ce sentier jusqu'au bout. Dans quelques minutes, vous trouverez la Croix du Grand-Veneur, et vous descendrez la route de Paris pour rentrer à Fontainebleau.

— Je vous remercie, monsieur.

Valmer, en regardant son interlocutrice, s'était vite convaincu qu'elle devait être la mère des admirables yeux noirs. Les traits étaient bien pareils ; la seule différence consistait dans ce rayon merveilleux qui éclairait le visage de la fille et palpitait dans ses prunelles.

Celle-ci s'était avancée jusqu'au bord de la roche ; son buste se penchait en avant, son regard s'ouvrait plus vaste encore, comme s'il eût voulu aspirer la splendeur du paysage jusqu'en ses derniers lointains. Tout le jeune corps frémissait passionnément. Cette fille, amoureuse de la nature, avait l'air d'une dryade échappée de la grotte voisine.

— Allons, Edna, viens : il faut nous presser un peu.

Edna ! Avec ce prénom-là, c'était bien une Anglaise ou une Américaine.

Valmer salua les deux inconnues, qui disparurent bientôt derrière les rochers. Puis il essaya de continuer à peindre.

Effort inutile : le voile de l'étrangère flottait obstinément entre le paysage et lui, le regard noir le fascinait encore, maintenant que les yeux n'étaient plus là, comme un rayon de soleil laisse un éblouissement entre les paupières qu'il oblige à se clore.

Son travail était fini pour ce soir. Bah ! quand on n'a pas de génie, autant rêver que peindre. Et délicieusement, il rêva à cette jeune fille, apparue comme une nymphe des solitudes dans la beauté « de l'heure et de la douce saison », selon le vers de Dante. Il y rêva comme un homme de vingt-cinq ans qui n'a pas aimé encore.

Le printemps, longtemps retardé par un froid pluvieux, était venu tout à coup. En quelques jours, les verdures s'étaient épanouies ; elles gardaient une fraîcheur de paradis. Les feuillages des bouleaux éclataient sur le fond obscur des sapinières comme des fusées de lumière glauque : le ciel doré palpitait, immense tendresse lumineuse. Le jeune homme sentit tout à coup son cœur s'alourdir dans sa poitrine. Il venait de songer :

« Probablement, je ne la reverrai jamais plus. »

Mais il se faisait tard ; déjà se levaient les brises du crépuscule. D'un regard, il dit adieu au paysage et redescendit vers Fontainebleau.

Quand il arriva à son hôtel, en face du palais, on commençait à servir le dîner par petites tables, sous la galerie vitrée et dans le jardin. Au passage, quelqu'un le héla discrètement.

— Par ici, mon cher ! Je vous ai gardé une place.

— Merci. Je vais poser mes affaires dans ma chambre, et je reviens.

C'était son ami René Prémery qui l'avait appelé, jeune homme mondain que les salons appréciaient surtout pour deux mérites divers. D'abord, il était joli garçon, danseur expert et aimable ; puis il connaissait tout, c'est-à-dire — gens et choses — tout ce qui peut intéresser des Parisiens. Nul n'était renseigné comme lui ; aussi on le recherchait, on l'invitait partout : c'était par exception qu'il dînait à l'hôtel ce soir-là.

Valmer, redescendu au bout d'un instant, vint s'asseoir auprès de lui. Dès qu'il fut assuré d'un auditeur, Prémery se mit à parler, dévidant l'anecdote par habitude professionnelle. Valmer l'écoutait distraitement. Les petites lampes électriques, qu'on venait d'allumer, fleurissaient pareilles à des tulipes rouges au-dessus des nappes. Sur le bleu du ciel, toujours plus sombre à mesure que montait la nuit, les lignes du palais de François Ier se détachaient comme dans un tableau. Des tziganes, assez distants pour être supportables, jouaient entre les massifs. Les convives corrects ne parlaient qu'à voix étouffées, et, par-dessus le murmure des conversations, des lambeaux de mélodie planaient dans l'air, Prémery racontait toujours et Valmer rêvait : au lieu de la contrarier, le papotage de son ami favorisait sa songerie. Il était dans un de ces moments rares où toutes les influences extérieures agissent sur nous de même, pour nous acheminer sur la pente du bonheur nouveau vers lequel nous glissons.

Un regard et un voile — l'âme de la femme et son mystère, ce qui fit la souveraineté de Béatrix et de Laure — l'assujettissaient aujourd'hui au charme de l'apparition rencontrée.

Comme il levait la tête, il fut ébloui d'un miracle inattendu : devant lui, l'apparition était là. Les deux étrangères, évoluant entre les tables, parvenaient à hauteur de la sienne ; leur double sourire le reconnaissait. Il y répondit par un salut troublé.

Ainsi, la jeune fille habitait l'hôtel? Il allait la revoir tous les jours, à chaque repas? C'était de l'inespéré.

Cependant René Prémery s'était soulevé sur sa chaise et s'inclinait du côté des deux dames.

— Madame, mademoiselle... murmura-t-il.

Comment, il les connaissait donc, lui? Il pourrait le présenter? Ce fut pour Jean Valmer une nouvelle joie.

Comme elles s'éloignaient pour regagner leur appartement :

— Tiens, fit-il avec une indifférence assez bien jouée, comme cela se trouve ! J'ai justement rencontré aujourd'hui, dans la forêt, ces personnes que vous venez de saluer. Qui sont-elles?

— C'est Mme et Mlle Calegari.

— Je ne les avais pas encore aperçues à l'hôtel.

— Elles sont arrivées ce matin, comme vous étiez déjà sorti.

— Elles sont Italiennes? Je les aurais crues Anglaises, à l'accent de la mère quand elle m'a parlé pour me demander son chemin.

— Mme Calegari est Anglaise, en effet, ou, plus exactement, Irlandaise. Elle a épousé un banquier de l'Archipel italo-grec, M. Demetrio Calegari, dont elle est veuve. Dans la physionomie de sa fille, on retrouve quelque

chose de ce croisement. N'est-ce pas?

— Oui, c'est juste, répondit Valmer.

Il regretta presque que Prémery l'eût renseigné avec tant de précision : l'explication dissipait le mystère de cette beauté qui l'avait saisi. Et, en même temps, il lui semblait pourtant que, mieux définie, elle lui devenait déjà un peu plus intime. Comprendre, c'est, en quelque sorte, posséder.

— Et, reprit-il, vous les connaissez beaucoup ces dames?

— Beaucoup, pas précisément. Je les ai rencontrées à Cannes, cet hiver ; nous avons causé. La mère est infiniment distinguée ; la fille est ravissante...

La banale épithète agaça Valmer. Ravissantes, toutes les jeunes filles peuvent l'être. Miss Edna Calegari était unique. Voilà ce qu'il aurait fallu dire.

— Malheureusement, continua Prémery, elle est un peu bizarre.

— Comment cela?

— Oui, elle est sujette à des sautes d'humeur qui vous déconcertent. Elle oscille volontiers entre la gaieté nerveuse et le spleen... Ainsi, tenez, au milieu d'une partie de golf — où elle est très adroite — je l'ai vue s'arrêter, pâlir, abandonner le jeu. Sa mère avait l'habitude de ces scènes-là, probablement : quand elle les sentait venir, elle l'emmenait vite... Bah ! le mariage arrangera tout ça il faut l'espérer... A propos, mon cher, si le cœur vous chante... jolie fille, hein?... Et jolie dot, vous savez...

Valmer répliqua par un haussement d'épaules. Des bavardages de son ami, il ne retenait qu'une seule chose, c'est que miss Edna n'était pas comme les autres. Tant mieux ! Quelque mystère se reformait ainsi autour d'elle.

Et puis — telle est l'inconsciente cruauté des tendres — il ne lui déplaisait point que celle qu'il était si près d'aimer ne fût pas tout à fait heureuse. Qu'il s'en rende compte ou non, l'amour, pour s'exalter, a besoin de la souffrance de ce qu'il aime ; c'est même pour cela qu'il va quelquefois jusqu'à la créer quand elle n'existe pas.

Ce fut à cette minute précise que le caprice subit de Valmer, simple accès d'enthousiasme comme en ont les rêveurs, se fondit en douceur amoureuse. Quelqu'un, qui n'était pourtant guère un éveilleur d'âmes, avait dit au vrai moment les choses qu'il fallait ; Prémery avait donné le choc opportun qui produit la cristallisation d'un sentiment, comme celle d'une manière amorphe s'opère dès qu'une main effleure seulement le bord du vase où elle flotte.

Le lendemain, Valmer retrouva les deux dames au déjeuner. Il avait changé de table et manœuvré adroitement de façon à se rapprocher d'elles. Prémery, qui par bonheur était là, fit les présentations. Pendant le repas, on causa librement. Miss Edna parlait avec une vivacité charmante et sans la moindre timidité. Elle était très gaie ; ses yeux brillaient, sa bouche avait des moues d'une drôlerie exquise, lorsqu'elle lançait quelque malice dont elle s'amusait de tout cœur. Alors l'arc de ses lèvres se courbait divinement au-dessus des petites dents claires. Elle n'était que joie, santé, jeunesse, et elle avait l'air de ces fleurs presque humaines, lys ou camélias, dont la pulpe est une chair qui appelle le baiser ou la morsure. Elle apparaissait, en ce moment, une créature simple comme elles, fraîche et savoureuse, pas le moins du monde bizarre ni mélancolique.

Quant à Mme Calegari, dont l'expression habituelle était la gravité, la gaieté de sa fille la transfigurait. La sérieuse Anglaise paraissait heureuse comme une enfant. Elle goûtait la joie de cette « heure dorée », selon la jolie expression de son pays. Son amabilité, un peu réservée, devenait cordiale envers les deux jeunes gens. Elle semblait les remercier d'être là, de fournir à Edna, par leur présence et la légère excitation de la causerie, l'occasion de cette radieuse belle humeur, dont elle-même était tout ensoleillée.

Après le déjeuner on avait projeté une promenade en forêt. Valmer avait offert ses services comme guide pour une excursion au Cuvier-Châtillon.

— Nous irons en voiture jusqu'au plateau de Belle-Croix. Puis je conduirai ces dames par le petit sentier qui passe devant l'Antre des Sorcières, et le fameux Rempart. Le cocher nous attendra à la Grotte-aux-Cristaux.

— Bravo ! s'était écriée Edna en battant des mains. J'ai en vous une confiance illimitée, monsieur, depuis que vous nous avez si bien remises dans notre chemin, mère et moi.

Malheureusement, à peine avait-on desservi que le temps se couvrait tout à coup et que de grosses gouttes tombaient, sonores, sur le vitrage de la galerie.

Edna fit une moue adorable.

— C'est affreux, dit-elle. Qu'est-ce que nous allons devenir ?

Puis, sans transition :

— Vous devez être musicien, vous, monsieur Valmer ?

— Qu'est-ce qui vous le fait supposer, mademoiselle ? répliqua celui-ci en souriant.

— C'est que vous êtes peintre. Tous les peintres sont plus ou moins musiciens. J'ai remarqué cela.

— Dans les deux arts, je ne suis qu'un très modeste dilettante. Mais vous avez deviné juste. Je chante un peu.

— Ah ! quel bonheur ! Vous connaissez des mélodies provençales ? Je les adore.

— Attendez... Mon Dieu, oui, je sais la sérénade de Magali.

Et il se mit à fredonner :

O Magali, ma tant amado...

— Bravo ! Moi aussi. Voulez-vous que nous la chantions ensemble ?

— Mais très volontiers.

— Il y a un piano dans le second salon. Mère nous accompagnera. Venez.

Déjà elle entraînait Mme Calegari et les deux jeunes gens. On passa dans la pièce où se trouvait le piano : elle avait fort bon air, décorée dans un goût un peu ancien, avec de beaux vieux meubles et quelques bibelots authentiques. C'était la coquetterie de cet hôtel de garder, avec un aménagement moderne, quelque chose des nobles logis d'autrefois.

Mme Calegari s'assit, préluda. Les voix unies de Jean et d'Edna s'élevèrent.

La jeune fille avait eu raison de dire qu'elle adorait les mélodies provençales. Beaucoup d'Anglaises sont ainsi. Faut-il voir là une affinité naturelle ou l'effet des longs séjours qu'ils font volontiers au pays parfumé et poussiéreux qu'aimait tant la reine Victoria ? Toujours est-il que les Anglais raffolent généralement des choses de Provence : paysages, costumes, atmosphère et musique. Mais Edna sentait et interprétait la beauté passionnée de ce chant avec une fièvre particulière. Était-ce la chaleur du sang méridional que lui avait transmis son père, ou les premières inquiétudes de sa nature amoureuse de la vie ? Elle chantait la sérénade de Magali avec tant de langueur et de fougue alternées, qu'elle semblait, en ce moment, avoir l'âme de quelque chevrière attendant son ami parmi les tamaris de la côte. Le jeune homme éprouvait un trouble de cette voix enivrée qui se mêlait à la sienne. Chanter ainsi, à deux, l'hymne du bonheur, c'était presque le vivre ensemble.

Mais le visage de Mme Calegari montrait l'alarme que lui donnait l'exaltation de sa fille ; sans cesser d'accompagner, elle levait fréquemment les yeux vers elle, avec une expression de tendresse et de prière, comme si elle l'eût suppliée de se modérer.

Quand elle eut achevé le deuxième couplet de la sérénade, au moment de reprendre après la courte ritournelle, les traits de la chanteuse, subitement, se creusèrent, et en même temps s'éteignit le rayon qui faisait de ses yeux deux astres noirs, le teint se plomba, les lèvres se mirent à trembler légèrement. La jeune fille, par une pudeur de sensibilité, détourna la tête pour ne pas laisser voir aux deux hommes sa souffrance morale ou physique. Sa mère s'était levée du tabouret et la regardait avec chagrin. Mais, déjà, Edna s'était ressaisie et parvenait à sourire :

— Excusez-moi, dit-elle à Jean Valmer. Je ne sais ce qui m'a pris... C'est ce temps orageux, sans doute. Achevons, voulez-vous?

— Mais, mademoiselle, si vous êtes souffrante...

— Ce n'est rien, c'est passé, dit-elle avec un peu d'impatience. Allons, le dernier couplet !

Il y avait quelque âpreté dans sa voix. Mieux valait lui obéir pour ne pas l'énerver davantage.

Mme Calegari se rassit devant le piano. Le troisième couplet de la sérénade fut chanté, mais sans la puissance enflammée de tout à l'heure. Ce n'était plus qu'une musique de salon. Le charme était brisé pour Edna et pour Jean.

Ensuite, on causa pendant quelques instants de choses indifférentes, conversation machinale qui n'avait pour but que de préparer, sans trop de brusquerie, le départ de chacun. Dès qu'elle le put, Mme Calegari se leva.

— Nous montons, Edna? Je suis un peu fatiguée.

— Oui, mère !

Elles prirent congé des jeunes gens. Quand elles furent sorties :

— Eh bien, dit René Prémery, vous avez vu? Une fille si exquise ! C'est dommage !

Cette phrase signifiait qu'à son avis, miss Edna était folle ou menacée de le devenir. Valmer ne répondit pas ; tristesse ou pitié, quelque chose de très douloureux et de très tendre lui noyait le cœur. Cette étrangère, qui était encore une inconnue, qui avait un double visage de passion et de souffrance, comme il l'aimait déjà, pour son mystère, sa grâce, sa fièvre, même si elle était folle comme Ophélie !

Folle? Non. Mais sûrement touchée par quelque fatalité, quelque secrète infortune, qu'il avait l'angoisse de connaître, — qu'il connaîtrait.

III

Mme Calegari et sa fille ne parurent point au dîner ni au déjeuner du lendemain. Désorienté, ne sachant comment user son énervement, Valmer erra sans but, toute l'après-midi, dans la forêt : il tournait autour de Fontainebleau et ne pouvait s'en éloigner. Il prit par les lacets du Mont-Ussy, à tout hasard : il n'avait pas même un regard pour les échappées de nature qui s'ouvraient à chaque coude du chemin, pour les flots de verdures qui se pressaient entre les parois des cuves rocheuses. Il redescendit, sans même s'en apercevoir, au Val-des-Peintres, entre les chênes millénaires ; il traversa la futaie des Fosses-Rouges et ses arcades élancées. Machinalement, il gravit le raidillon du Mont-Fessas, suivit la route qui contourne sa cime, et ce fut à peine s'il vit, à sa gauche, la vallée ouverte en gouffre, au-dessus de laquelle pyramidait le Mont-Aigu, avec son aigrette de pins. Parvenu à l'endroit où le paysage s'épanouissait, il s'arrêta. Non pour le contempler, mais il lui semblait que devant un plus ample horizon il verrait mieux et plus loin dans son âme et dans la vie...

Il n'y avait plus à douter, il aimait miss Edna, puisqu'il ne pouvait plus penser qu'à elle et que cette pensée éteignait pour lui jusqu'aux splendeurs de la nature. Dès lors, tout ce qui touchait la jeune fille lui devenait d'un intérêt supérieur à tout le reste. Et, d'abord, ce mystère dont elle s'environnait, le secret de cette souffrance qu'elle trahissait d'une façon si étrange et qui avait frappé le frivole Prémery lui-même.

Quand une jeune fille paraît ainsi triste ou inquiète, on en accuse aussitôt l'amour, et l'on a raison. Pourtant, d'instinct, Valmer écartait cette explication. Ce n'était point seulement parce qu'il désirait que cela ne fût pas et que le cœur d'Edna se trouvât libre de tout regret, de tout souvenir. Devant ses yeux, d'une si limpide ignorance, il ne

pouvait croire qu'elle eût aimé. Elle était
encore enfant par la gaieté, la pétulance et
l'insouci. Il n'y avait en elle nulle mélancolie. Aussi bien, le sentiment douloureux
qu'il avait vu hier passer dans son regard,
pendant la minute si émouvante, était
quelque chose de plus violent que la tristesse : angoisse ou effroi. On eût dit qu'elle
avait aperçu un spectre, visible pour elle
seule. Elle avait eu *peur*.

Une hallucination? Non, il était impossible de croire à une tare physique comme celle
de la névrose chez une créature aussi saine,
délicatement jolie, mais cependant
armée de muscles robustes, animée
d'un sang jeune et riche. Miss Edna
Calegari ne pouvait pas être une malade.

Alors, que supposer? Qui sait,
peut-être quelque catastrophe qui
l'aurait effleurée autrefois et dont
le souvenir surgissait tout à coup? Le

*L'arrivée des excursionnistes au
Cuvier-Châtillon.*

fantôme ne pouvait venir que du passé :
le présent n'était que scurirés pour elle.
Belle, riche et libre sous la tutelle caressante
de sa mère, elle n'avait qu'à attendre tous les
bonheurs de la vie, en marche vers ses
vingt ans.

Allant toujours au hasard, Valmer prit à
gauche un sentier qui descendait vers la
vallée. Il se trouva dans les Gorges-du-Houx,
nuancées de verdures sombres et claires. Les
corbeaux croassaient éperdument ; un cerf
franchit la route et s'arrêta pour interroger

***

la solitude avec ses yeux fixes, étranges comme ceux d'un animal de légende. Docile aux caprices du chemin, Valmer s'engagea dans un labyrinthe de grottes et de rochers bizarres, qui auraient pu encadrer les rêves du Vinci, souriants dans leurs brèches. Finalement, il déboucha sur la corniche du Mont-Aigu, au sommet d'un cône verdoyant qui pointait vers le ciel. A gauche, dans une espèce de golfe, une mer de feuillages déferlait silencieusement ; à droite, comme une île enchâssée dans l'uniforme émeraude, c'était Fontainebleau avec ses toits rouges. A vol d'oiseau, la distance était brève entre l'observatoire aérien et le vieux palais près duquel habitait Edna Calegari.

Valmer croyait voir distinctement la jeune fille dans sa chambre d'hôtel, et, près d'elle, sa mère, la couvant d'un regard inquiet, qui redoutait on ne savait quoi...

« Je le saurai, » se dit-il.

Il descendit vers la clairière du Mont-Aigu, que le couchant baignait d'or rose. Il rencontra de nombreux promeneurs, des jeunes femmes qui revenaient de la forêt, souriantes, avec des brassées de fleurs. Bientôt, il rejoignit la route, au carrefour de l'Obélisque, dont la flèche se dorait aux derniers rayons qui filtraient entre les ramures du quinconce. Il goûta un instant l'ombre de l'endroit seigneurial et calme. Le soir était doux.

Le château était tout proche, ainsi que l'hôtel qui lui faisait face. Valmer arriva juste à temps pour se mettre en smoking avant le dîner.

Quand il revint prendre sa place, miss Edna et sa mère occupaient déjà la table voisine de la sienne. En saluant ces dames, il constata que le visage de la jeune fille avait retrouvé sa fraîcheur presque enfantine : on n'y voyait plus aucune trace des émotions qui l'avaient bouleversée.

Valmer se garda d'y faire allusion ; il raconta sa promenade, puis marqua quelque étonnement de ne point apercevoir Prémery.

— Je crois, dit Edna en souriant, qu'on l'a enlevé. Des dames sont venues de Compiègne en automobile. Elles avaient besoin de lui pour organiser je ne sais quoi... une charade. C'est tout à fait son affaire. Je crains bien que nous ne le revoyions pas de sitôt.

— Tant mieux ! s'écria Valmer étourdiment.

Miss Edna éclata de rire.

— Vous n'êtes pas très aimable pour lui, répondit-elle.

Il la regarda avec une respectueuse tendresse.

— C'est vrai, dit-il, j'ai tort. Il m'a rendu un inappréciable service.

— Vraiment?

— N'est-ce pas lui qui m'a présenté à vous?

Il avait prononcé ces derniers mots sur un ton plus bas, et la jeune fille seule put les entendre. Au lieu de baisser les yeux comme une Française aurait cru devoir le faire, elle le regarda à son tour, sans embarras et sans rougir, profondément, comme pour se rendre compte de ce qu'il avait pensé en disant cette phrase. Et elle se convainquit sans peine qu'il y avait là autre chose qu'un compliment. Alors, pendant deux ou trois secondes, elle parut se recueillir.

Celui qui aurait pu surprendre ce rapide jeu de scène eût songé sans doute : « Voilà un flirt qui s'ébauche. »

Il se serait trompé. C'était un amour qui s'éveillait au contact d'un autre amour.

Bien vite, miss Edna s'était remise à la conversation et entamait un éloge doucement ironique de l'absent. Cependant, l'échange des deux regards, du double éclair sentimental, n'avait point échappé à Mᵐᵉ Calegari. Son visage n'en laissa rien paraître. Elle avait compris que sa fille commençait à s'intéresser à Jean Valmer. Formée aux principes de l'éducation anglaise, elle ne pensait pas à tracasser Edna dans une inclination légitime : elle se réservait d'intervenir si le jeune homme ne lui semblait pas digne de la préférence qu'il inspirait. C'était lui qu'elle observait, qu'elle surveillait, depuis qu'elle s'était doutée qu'Edna pourrait bien l'aimer — c'est-à-dire depuis le premier jour. Car jamais, avant cette rencontre, la jeune fille n'avait montré autant de joie ingénue, une telle figure de bonheur. La sympathie qui venait de naître en elle si brusquement l'épanouissait toute. Et cela, c'était le plus manifeste des aveux.

Rarement, une mère avait assisté avec une émotion aussi intime à l'éclosion d'un premier amour dans une âme filiale. Depuis si longtemps Mᵐᵉ Calegari souhaitait en secret ce bienfait d'une puissante affection qui initierait Edna à une vie nouvelle ! Alors s'enfuiraient les idées redoutables qui venaient souvent, comme un vol de fantômes, l'assaillir à l'improviste au milieu de ses joies enfantines.

Elle, la mère, connaissait le secret de ces

pensées ; elle savait trop quelles angoisses affolaient parfois le pauvre cœur tremblant comme celui d'un oiseau. Aussi de quels vœux elle appelait cet avènement de l'amour, que, d'ordinaire, la jalousie maternelle redoute si fort et cherche à retarder le plus possible !

« Quand elle aimera, se disait-elle, j'espère qu'elle sera sauvée. »

Et voici que l'amour était venu tout à coup, presque miraculeusement. Comme elle souhaitait que ce fût vraiment pour le salut d'Edna ! Elle ne savait de Valmer que ce qu'elle en avait pu apprendre, pendant ces derniers jours, par Prémery, lorsqu'elle le rencontrait au salon de lecture et qu'elle l'interrogeait sur son ami, en tâchant de ne pas lui livrer le secret de ses préoccupations. Prémery lui avait vanté chez Valmer ce qu'il appréciait surtout chez ceux auxquels il faisait l'honneur de son amitié : la fortune du jeune homme, la qualité de ses manières et de ses origines, qui le rattachaient à ce qu'on appelle la grande bourgeoisie. C'était tout.

Mais une sorte d'instinct maternel, plus sûr que les renseignements fournis par ce mondain à courtes vues, disposait favorablement Mme Calegari à l'égard de Valmer : elle le devinait sincère et délicat ; les formes respectueuses par lesquelles son amour commençait à se révéler n'avaient rien de la frivole galanterie française, dont elle se défiait par préjugé et par tradition. Le jeune homme, lorsqu'il parlait à Edna, trahissait malgré lui, par un geste, un regard, une inflexion de voix timide ou passionnée, l'émotion qui prouvait la vérité de son sentiment.

Et Mme Calegari commençait à prendre quelque confiance dans l'avenir qui résulterait, pour sa fille, de cette rencontre amenée par les hasards de la villégiature et de la vie d'hôtel.

Pendant plusieurs jours, le temps était resté incertain ; il se fixa dans un calme bleu et doré qui invitait aux excursions. L'occasion était propice pour la promenade projetée au Cuvier-Châtillon, et, par un soleil de mai qui n'avait rien à envier à celui du plein été, les deux dames montèrent, avec Valmer et Prémery, revenu de Compiègne, dans une voiture passablement attelée. C'était une sorte de victoria, couverte d'une tendine d'étoffe blanche qui formait un dais léger au-dessus de la tête brune d'Edna.

L'équipage suivit assez longtemps la grande route. La jeune fille avait recommandé au cocher de ne pas aller trop vite, l'allure du cheval était une sorte de bercement. Edna entendait, sans l'écouter, la conversation de Prémery, fleurie d'anecdotes; de temps en temps, au milieu de l'espèce de somnolence où l'engageaient le mouvement de la voiture et la voix du conteur, elle laissait tomber quelque parole, à peine murmurée, qui s'adressait toujours à Valmer. C'était un mot fugitif et profond, comme il s'en échange entre deux âmes remplies l'une de l'autre, inspiré par les grâces du paysage, la douceur de l'heure et la beauté des ombrages qui, de chaque côté de la route, s'inclinaient au moindre souffle vers les voyageurs.

Enfin, la voiture tourna à droite et s'engagea dans le chemin de la Grotte-aux-Cristaux. Au sortir de cette large avenue, qui faisait songer à quelque parc royal, on débouchait maintenant sur la platière sauvage de Belle-Croix, dénudée par l'incendie qui ravagea ce canton de la forêt, semée de petites mares rougeâtres entre les grès et les genévriers. On commençait à sentir passer sur la lande l'haleine des grandes solitudes.

Après quelques minutes, le cocher s'arrêta en face d'un petit sentier qui dégringolait vers une cabane.

— Voici la Grotte-aux-Cristaux, dit Valmer. Descendons. La voiture ne peut aller plus loin.

L'homme attacha son cheval à un des arbres épargnés par le feu. Valmer amena ses compagnons devant la grille qui protège les grès cristallisés : il n'accordait d'ailleurs à ce phénomène minéralogique qu'un intérêt assez médiocre ; qu'était-ce en comparaison des splendeurs qui les attendaient plus loin ? Ensuite on se mit en marche, par le sentier du Cuvier-Châtillon, une « cavalière » à peine tracée. Valmer tenait la tête, Edna le suivait, précédant sa mère et Prémery. Le chemin passait entre les blocs informes et les squelettes d'arbres brûlés : du fond des mares, le chœur des grenouilles coassait sous la chaleur. La « cavalière » obliqua à gauche, descendit dans une vallée, escalada une pente. atteignit enfin le sommet d'une platière. De là, on apercevait la Gorge-des-Sangliers, rocheuse, encaissée, avec des ressauts violents et superbes, des entassements de grès entre lesquels fusaient, comme des gerbes d'étoiles, des bouquets d'ajoncs fleuris ; et les fleurs et les pierres flambaient dans le grand soleil. En face de l'ardent paysage, le vert opaque des pentes opposées faisait repoussoir.

— C'est beau, dit Edna, simplement.

— Oh ! ce n'est rien encore... Tenez, avant que nous ne descendions, regardez donc l'Antre des Sorcières.

— Ce soupirail de cave?

— Parfaitement.

La jeune fille entra, en se baissant le plus possible, par l'étroite ouverture, posa un pied hésitant sur des marches et se trouva dans une obscurité glacée.

— Oh !... fit-elle, les épaules frissonnantes tout à coup.

Valmer fit craquer des allumettes : leur clarté insuffisante rendit seulement les ténèbres plus sensibles. On apercevait à peine, près de l'entrée, les parois lépreuses d'humidité ; on entendait la chute éternelle d'une goutte d'eau invisible, au fond. Les compagnons des deux jeunes gens les avaient rejoints et s'arrêtaient avec eux au seuil de la grotte.

— N'est-ce pas, dit Valmer en souriant, que cet endroit est suffisamment diabolique?

— Sortons, répondit Edna. J'ai besoin de revoir le soleil.

Ils retrouvèrent avec joie, en quittant le souterrain, l'éblouissement du désert radieux. Ils descendirent jusqu'au fond de la Gorge-des-Sangliers, puis remontèrent par des lacets fantastiques entre les rochers et les pins. Ils arrivèrent au sommet, que protège le Rempart du Cuvier-Châtillon, et longèrent la muraille de grès, haute de six mètres, pareille aux assises de quelque château pélasgique. Sur la gauche, des marches conduisaient à un sentier.

— Montons, dit Valmer.

Il passa le premier, suivi d'Edna. Les promeneurs se trouvèrent sur une table rocheuse, que, çà et là, fendaient des crevasses. C'était le but de la promenade, le fameux point de vue.

La jeune fille ne dit rien, mais elle s'était brusquement arrêtée, et sa main avait saisi le bras de son guide.

Elle avait, en face d'elle, le sublime. A gauche, une mer de rochers : la platière et les pentes de Belle-Croix ; à droite d'autres rochers encore, à l'infini, ceux du Cuvier-Châtillon et du Bas-Bréau ; à ses pieds la vallée qui s'ouvrait en plaine à l'horizon, comme un fleuve débouche dans la mer ;

plus loin, devant elle, les gorges et les collines d'Apremont, couronnées par la ligne immense des bois, semblable à une marée haute, immobile. Au loin, des bois, des bois encore, l'océan des feuillages après l'océan des pierres. Puis la plaine, d'un vert adorablement frais, la campagne sans limite, tachée de villages rouges et blancs : Fleury, Chailly, Macherin, Milly, Arbonne, un monde après un monde.

Elle regardait, toute pâle. Ses doigts se crispèrent plus fortement sur le bras de Valmer.

— Merci, lui dit-elle très bas.

— N'est-ce pas, répliqua-t-il, il semble que la vie se dilate devant ces espaces?

Elle inclina la tête.

— Oh ! oui, prononça-t-elle sourdement, la vie !... Vivre !... Vivre !... On en a le désir en regardant cela...

Puis, brusquement :

— Merci encore, merci !

Que voulait dire ce souhait douloureux et passionné de la vie? Est-ce qu'elle ne la possédait pas avec toutes ses joies, toutes ses promesses et tous ses enivrements, investie qu'elle était de jeunesse, de beauté et de charme? Pourquoi y avait-il dans le ton de sa voix l'accent d'un regret ou d'un doute indéfinissable? Qui donc était assuré de vivre, et de vivre heureuse, si ce n'était elle?

Ce mystère encore, toujours !... Oh ! quand donc aurait-il le droit d'interroger la chère créature, de lui arracher de l'âme, à force d'amour et d'un seul coup, son secret et sa peine — ou sa terreur?

Bientôt, peut-être. Edna venait d'avoir un élan si spontané vers lui ! La sincérité farouche de ce geste par lequel elle lui avait saisi le bras, d'instinct ; ce « merci » bref, qui avait jailli tout à coup, prouvaient qu'elle l'associait déjà à la vie intime de son être. Entre eux, une harmonie s'établissait : Edna se tournait vers le jeune homme aux moments d'angoisse ou d'extase, comme vers un confident élu par le choix de sa sympathie. Et pour la femme la confiance est si près de l'amour !

Les promeneurs restèrent quelques instants encore sur la plate-forme rocheuse. La majesté du spectacle avait eu le pouvoir de réduire Prémery lui-même au silence.

Valmer proposa :

— Nous pourrions, si ces dames ne sont pas fatiguées, visiter encore le belvédère d'Apremont. Il n'est pas tard, et le cocher n'en aura pas pour longtemps à gagner la route de Sully, où débouche le sentier.

— Tu n'es pas trop lasse, Edna? demanda Mme Calegari avec sollicitude.

— Moi? pas du tout, mère.

— Eh bien, allons.

Ils revinrent sur leurs pas, pour retrouver la voiture à la Grotte-aux-Cristaux. De là, le cocher les ramena sur la route de Paris, puis ils descendirent dans la vallée qui s'épanouissait de plus en plus, à mesure qu'on approchait de la futaie du Bas-Bréau. Bientôt, ils furent au Nid-d'Amour ; là, tandis que l'homme faisait reposer un instant son cheval, ils goûtèrent la fraîcheur des sousbois. Puis la voiture monta la route de Sully, après avoir dépassé l'oasis du Dormoir, étincelante de fleurs d'or. On atteignit le sentier de la Longue-Gorge.

— Arrêtez-vous là, dit Valmer au cocher. Nous allons suivre le chemin des platières. Vous nous attendrez au carrefour de la Gorge-aux-Néfliers.

— Bien, monsieur.

Ayant sauté à bas de la voiture, les promeneurs s'engagèrent dans la cavalière aux marques bleues. Edna et sa mère cheminaient vaillamment, malgré les aspérités de la route et la rudesse des pentes brûlées de soleil. Seul, Prémery, qui fermait la marche, geignait de temps en temps ; personne n'y faisait attention. L'ascension s'acheva avec entrain.

A gauche, un banc de rochers se dressa tout à coup. Valmer y grimpa d'un bond et tendit la main aux voyageuses, qui se hissèrent légèrement, lestes comme de vraies Anglaises. On était sur le grand belvédère d'Apremont : de là, le regard plane, d'un horizon à l'autre, sur toute l'immensité des gorges.

D'un côté, c'est le cirque formidable du Désert, nudité, solitude, silence, assez vaste pour servir, comme Josaphat, aux assises du Jugement dernier. Il paraît plus vieux que notre monde et plus durable que lui, marqué, comme les choses primitives, du sceau de l'éternité. Eternellement croulent ces avalanches immobiles, figées dans leur chute. Plus loin, c'est une seconde vallée plus étroite, d'une démesurée longueur, un second bras de la mer pétrifiée qui pénètre dans les lointains boisés. Les deux bassins d'Apremont.

— Vous ne regrettez pas d'avoir allongé votre promenade? demanda Valmer à la jeune fille.

Elle ne lui répondit que par son regard où s'allumait l'enthousiasme. Mais aucune parole n'aurait pu le remercier plus clairement d'être pour elle un si sûr guide et de lui ouvrir ainsi, à chaque halte du chemin, les merveilles de la forêt. Elles semblaient jaillir à son commandement, et l'on eût dit qu'il faisait hommage à la jeune fille de tant de beautés étalées à ses pieds.

La voiture attendait les promeneurs au carrefour ; le retour se fit par la futaie du Puits-au-Géant. C'étaient, de tous côtés, des cépées qui fusaient du sol en un jet puissant, comme les bouquets de feux d'artifices ; elles avaient quelque chose de capricieux et de légendaire, qui rappelait les arbres des fées. On n'aurait pas été surpris de voir flotter des robes de lune ou de soleil, dans l'écartement de leurs tiges, parmi le perpétuel crépuscule vert des sous-bois.

La voiture allait au pas. Edna, un peu lasse, quoi qu'elle en eût dit, avait glissé doucement de la rêverie au sommeil ; son col s'infléchissait, et sa tête, par saccades légères, finit par tomber sur l'épaule maternelle. Valmer, attendri, regardait son sommeil d'enfant.

Alors, il souhaita passionnément qu'elle fût à lui, pour qu'il fût mieux à elle, pour qu'il eût le droit de l'aimer avec tout son amour, de la défendre contre la vie, et peut-être contre elle-même. Car il ne savait pas encore si c'était une réalité, ou une chimère de sa propre pensée, qui troublait parfois la limpidité de cette âme, où n'auraient dû se refléter que les féeries du bonheur.

Pour la première fois, son désir devint une volonté précise et irrévocable.

« Je l'aurai, dit-il. Elle sera ma femme. »

Tout contribuait à rapprocher ces deux cœurs avides l'un de l'autre. Prémery ne comptait guère, mais sa banale présence rompait parfois le charme d'amour qui régnait entre eux ; il disparut une seconde fois, et pour assez longtemps, réclamé ailleurs par ses fonctions mondaines, plus absorbantes encore en villégiature qu'à Paris. Auprès des deux jeunes gens, il ne resta plus que Mme Calegari, propice à leur idylle. Valmer, discrètement encouragé par elle, se sentait déjà presque adopté.

Il avait obtenu l'autorisation de faire le portrait d'Edna. Afin de consacrer le souvenir de leur première rencontre à Clairbois, il avait choisi pour décor ce même belvédère d'Orphée où elle était alors posée, vision de nymphe suspendue au-dessus des gouffres verts. Il avait fallu refaire plusieurs fois ce pèlerinage pour replacer la délicieuse figure dans son cadre ; Edna avait le même chapeau de ligueuse, au long voile déroulé sur le ciel, la même robe courte de chasseresse, découvrant la cambrure du pied. Et l'amoureux artiste avait trouvé en lui des ressources de talent imprévues pour la peindre avec tout son charme, telle qu'elle était, adorablement farouche et tendre.

Edna posait presque tous les jours : les bienheureuses séances que celles-là ! Elles créaient, entre le peintre et son cher modèle, une intimité exquise ; elles permettaient à Valmer une espèce de familiarité respectueuse et caressante. Il n'avait pas encore parlé à Mme Calegari, il ne lui avait pas encore demandé la main d'Edna, et il semblait pourtant que leurs fiançailles eussent déjà commencé. Ils savaient bien qu'ils s'appartenaient l'un à l'autre ; ils ne se l'étaient pas dit.

Ce fut un hasard qui mit sur leurs lèvres l'aveu réciproque. Ou, plutôt, ce fut la magie de cette nature qui leur avait appris à s'aimer : un jour, elle leur fit entendre un appel tellement irrésistible que leurs âmes durent lui obéir et que, sans presque le vouloir, ils échangèrent les mots éternels. Et ce fut si spontané qu'ils ne surent même pas lequel des deux avait dit le premier à l'autre : « Je vous aime. »

C'était au Long-Rocher. Ils avaient parcouru l'itinéraire magnifique et formidable de l'Enfer, accompli la descente qui plonge peu à peu, en face du Haut-Mont, dans le gouffre de splendeur et d'horreur, et qui suspend l'imagination sur l'infini des forêts comme sur un abîme. Puis ils étaient remontés jusqu'à la Grotte-de-Béatrix, où Mme Calegari avait témoigné le désir de se reposer un instant. Edna et Jean s'étaient avancés de quelques pas sur l'esplanade, du côté du sud ; ils avaient devant eux le cirque du Long-Rocher, qui entoure la Plaine-Verte, les merveilleux éboulis entre lesquels, avec leur grâce féminine, s'élançaient les bouleaux toujours frémissants. Puis c'étaient des prairies arrosées de lumière, et les maisons de Bourron, de Marlotte, entre les peupliers, tachant de clair le paysage. Au premier plan, une thébaïde désolée ; au loin, une vision vaporeuse de paradis florentin.

Les deux jeunes gens s'étaient pris la main silencieusement ; leurs âmes, remplies depuis trop longtemps d'un sentiment inexprimé, débordèrent. Le mot sacré fut prononcé à la fois par leurs voix unies.

— Je vous aime, Edna.

— Je vous aime, Jean.

Ils le redirent. Leurs noms répétés étaient la seule caresse de langage qui pût satisfaire leur tendresse. Le nom de ce qu'on aime signifie tout l'amour.

Mais lui, tremblant, osa dire :

— Vous serez ma femme, Edna?

— Oui, murmura-t-elle.

Et sa tête s'inclina doucement sur l'épaule du jeune homme, par un mouvement aussi chaste que lorsqu'elle cherchait, dans la tristesse ou la lassitude, l'abri de l'épaule maternelle.

Mais à peine s'y était-elle posée qu'elle se redressa brusquement en sursaut. La jeune fille, affolée, s'écarta :

— Non, non, hélas ! je ne peux pas... je n'ose pas... c'est impossible.

— Edna, que dites-vous?

— N'insistez pas : vous me tuez.

— Si, parlez, je vous aime. Parlez, Edna, je le veux.

— Je n'ai pas le droit de vous épouser.

— Comment?

— Je ne peux pas vous promettre de faire votre bonheur, car je ne peux pas vous promettre de vivre.

— Que signifient ces mots? Vous m'épouvantez.

— Oui, vous me croyez folle... Bien des gens m'ont cruc folle... Comment ne le suis-je pas encore? Ah ! Jean, Jean, si vous pouviez comprendre !... A mon âge, se savoir condamnée... Savoir que la mort vous guette, qu'elle peut vous frapper sans prévenir au moment où l'on rit, où l'on est gaie !... N'être jamais sûre de réaliser le projet qu'on a fait pour le lendemain ! Vivre avec des spectres... Oui, comment ne suis-je pas folle?

Elle s'était couvert la figure de ses deux mains. Jean les prit, les détacha doucement et les garda dans les siennes.

— Edna, il y a longtemps que je l'ai deviné : il y a dans votre vie un malheur, une fatalité qui vous accable. Je vois ce que vous souffrez, mais je suis torturé comme vous, moi, depuis que je vous aime, c'est-à-dire depuis que je vous connais. Dites-moi ce que c'est, Edna, si vous m'aimez aussi. Je sens que je puis vous sauver. Parlez, Edna, je vous en conjure.

— Non, pas moi. Je n'ai pas la force... Ma mère... Interrogez ma mère.

IV

— Eh bien, oui, monsieur, je vais tout vous dire. Il faut que vous connaissiez cette souffrance que vous voulez guérir. Je ne puis faire moins que de vous y aider par une entière confidence, moi qui attends de vous le salut de cette enfant.

— Qu'elle me permette de la sauver ! C'est à présent l'intérêt de ma vie, répondit Valmer.

— Je vous crois, répondit Mme Calegari.

Tous deux marchaient le long de l'étang, dans l'avenue de Maintenon, alors presque solitaire. Les visiteurs du parc s'étaient tous portés du côté des balustres qui surplombent la nappe d'eau ; leur badauderie s'y divertissait au jeu habituel du pain qu'on jette aux carpes royales. L'endroit était donc propice à la causerie ; on y serait moins dérangé que dans le salon de l'hôtel.

— Avant de vous parler d'elle, reprit Mme Calegari, il faut d'abord que je vous parle de moi. C'est moi, hélas ! qui suis la cause première du mal, c'est mon mariage. Oui, c'est la folie romanesque de sa mère que ma fille expie aujourd'hui...

— Madame... interrompit Valmer, ému.

Involontairement il avait levé les yeux vers celle qui s'accusait ainsi. Le beau visage s'était empreint tout à coup d'une douleur contenue, qui lui donnait quelque chose d'auguste. Sur le fin tissu des joues, au coin de la bouche, à l'angle des paupières, on ne voyait plus les meurtrissures légères des années, mais les coups de griffe autrement cruels de la souffrance. Au rappel de la pensée dominante — et torturante — le regard s'était fixé, les traits s'étaient figés dans une sorte de con-

tracture : la physionomie douloureuse, avec ses arêtes amincies, n'en était que plus belle, d'une beauté martyre qu'on regardait avec respect et pitié. Avant même d'en savoir plus long, Valmer, dans un de ces éclairs de sympathie qui jaillissent parfois entre deux âmes, ressentit tout ce que

Valmer écoute les confidences de Mme Calegari.

Mme Calegari avait dû souffrir. Il en eut pour ainsi dire, l'impression physique, et elle fut si forte que même l'image d'Edna, tout adorée qu'elle fût, s'éclipsa dans un oubli momentané.

Un banc s'offrait à eux ; ils s'assirent, à l'ombre des grands arbres. Le site était doux et magnifique : d'un côté, le miroir glauque de l'étang, avec son glacis argenté, que le passage d'un cygne, voguant dans du soleil, écaillait d'une longue brisure ; de l'autre, les terrasses étagées, aux parapets enflammés par la pourpre des roses ; le bassin d'où s'élançait le jet d'eau, pétillant d'étincelles et ployant sous les brises ; puis, des avenues bordées de solennels ombrages, qui fuyaient dans les lointains. Tout cela reconstituait un de ces décors nobles et voluptueux que Watteau imagina pour ses fêtes galantes. L'idée que ces choses étaient du passé qui se survivait à lui-même, offert en spectacle à la médiocrité d'aujourd'hui, communiquait sa mélancolie à ce paysage d'autrefois.

Mᵐᵉ Calegari reprit la confession commencée. Le silence de l'avenue lui permettait de parler presque à mi-voix, et son récit murmuré semblait un chuchotement d'âme.

— La grande douleur de ma vie, continua-t-elle, la voilà ; je ne me sens pas innocente du malheur de ma fille. Le supporter avec elle serait déjà une épreuve suffisante ; celle que j'endure est pire : à la souffrance elle ajoute le remords. Ma conscience me le répète chaque jour ; Edna serait une jeune fille heureuse et insouciante comme les autres si je n'avais pas brisé moi-même, à l'avance, sa destinée, si je ne l'avais pas vouée, avant même qu'elle naquît, à cette angoisse, à ces terreurs dont elle mourra peut-être.

Comme si elle avait eu besoin de reprendre des forces, elle se tut un instant.

— Si Edna est malheureuse, reprit-elle, c'est à cause de l'époux que j'ai choisi, du père que je lui ai donné. Un jour, j'ai eu l'occasion de disposer de moi : j'ai engagé toute ma vie dans une aventure formidable. Hélas ! je n'ai pas réfléchi alors que je ne m'exposais pas seule et que, plus tard, une chère créature deviendrait solidaire de mon imprudence. L'amoureuse n'avait pas prévu la mère... D'un mot, vous allez comprendre. J'ai épousé, dans un élan de passion, de pitié, de folie, un homme qui, par son crime, avait encouru la haine d'une famille ; il est mort sans que ses ennemis aient pu se venger sur lui : ils ont décidé de se venger sur ma fille. *Et elle le sait !*

Sans en écouter davantage, Valmer s'était levé :

— Elle sait aussi que je l'aime. Comment peut-elle encore craindre qui que ce soit ?

Mᵐᵉ Calegari secoua la tête.

— Ceux dont il s'agit n'ont pas coutume de frapper à visage découvert. Ils l'ont prouvé déjà. Ils sont capables d'attendre des années avant de sortir de l'ombre... Cependant, ce serait pour moi un soulagement de la sentir désormais sous la garde de votre affection, veillée, défendue par vous. Je serais presque tranquille, autant que je puis l'être après ces horribles menaces portées contre mon enfant...

— Alors?...

— Hélas ! c'est aussi contre elle-même qu'il faudrait la protéger. Ces choses ont éclaté trop tôt dans sa vie : elles ont dévasté sinon son intelligence, qui demeure intacte, grâce à Dieu, au moins sa sensibilité... Pour réparer de tels ravages et lui refaire une âme gaie, heureuse, une âme de son âge, quelle tendresse, quelle patience seraient nécessaires !

— Je vous jure de l'aimer assez pour y parvenir.

Il s'était rassis, il avait pris la main de Mᵐᵉ Calegari, il la serrait dans la sienne, comme pour accentuer la promesse. Elle lui rendit cette pression et soupira :

— Aimez-la donc et qu'elle vous aime. Je souhaite ardemment que vous réussissiez là où ma pauvre affection maternelle a échoué... Oh ! je vous dis cela, croyez-le, sans la moindre amertume... Edna a été trop profondément atteinte pour que mon dévouement et ma tendresse, choses auxquelles elle était accoutumée, aient pu lui faire oublier... l'inoubliable. Mais j'espère beaucoup d'un sentiment nouveau. Dût-elle m'en aimer moins... Cela aussi, je l'accepte. Je ne serai pas jalouse, monsieur Valmer ; je serai bien heureuse, au contraire, bien heureuse !...

Elle dit ces mots avec une espèce d'emportement : il semblait qu'elle éprouvât une satisfaction farouche à l'immolation spontanée de toutes ses susceptibilités maternelles ; elle rachetait ainsi un peu, pensait-elle, le tort mystérieux, involontaire, dont elle s'était accusée.

— Et maintenant, poursuivit-elle avec plus de calme, je vais vous la dire, notre triste histoire. Le monde n'en a connu jadis que la première partie et l'a déjà oubliée ; la seconde, jusqu'à ce jour, était notre secret. Vous allez l'apprendre.

— Je vous écoute, madame, avec toute ma sympathie et tout mon respect.

Un couple de jeunes gens vint à passer. C'étaient des amoureux ; ils ne firent guère attention à ces personnes causant gravement. Quand ils se furent éloignés, les mains à la taille, Mᵐᵉ Calegari continua :

— Vous savez quelle était l'origine de mon mari?

— Prémery m'a dit seulement que M. Calegari était un banquier de l'Archipel, dont vous aviez fait la connaissance en Italie.

— Nous nous sommes rencontrés à Venise. J'étais alors miss Adah Tyler, j'avais dix-huit ans, j'étais fille d'un gentilhomme irlandais assez riche, très instruit et très libéral, avec des mœurs austères. Ce dernier trait a son importance : si mon père avait eu d'autres principes d'éducation, une idée différente de son autorité sur moi, il se serait opposé à ce que j'appelais tout à l'heure ma folie. Il ne m'eût pas laissé épouser M. Calegari. Je n'aurais pas connu, pendant quelques années, un bonheur délicieux, mais tout harcelé d'angoisses, et, pendant le reste de ma vie, la pire douleur — celle dont je viens de vous parler.

Elle maîtrisa une fois encore son émotion et reprit :

— J'avais perdu ma mère dans les premières années de mon enfance : c'est à peine si je me souvenais d'elle. Mon père l'avait adorée, je la lui rappelais de plus en plus, à mesure que mes traits se précisaient : pour lui, elle revivait un peu en moi. J'étais devenue à ses yeux autre chose qu'une fille : une amie, une compagne. Depuis longtemps, il ne me traitait plus en enfant ; il m'avait pour ainsi dire émancipée par la façon dont il me laissait, presque en toutes circonstances, maîtresse de moi-même, de mes propos, de mes actes, par l'estime qu'il semblait faire de mon jugement, allant parfois jusqu'à le consulter. Je justifiais, d'ailleurs, cette confiance en me montrant plus raisonnable qu'on ne l'est à cet âge ; mais j'y gagnai une décision, une initiative, qui n'allaient pas toujours sans quelque imprudence. L'audace et l'enthousiasme sont nos grands défauts et nos grandes qualités à nous, Irlandaises, qui avons hérité l'âme ardente des Celtes, l'éducation cultivait en moi ces tendances en quelque sorte nationales.

« A dix-huit ans, j'étais une jeune personne assez étrange, au cerveau discipliné par une excellente école intellectuelle et morale, au cœur exalté, ouvert à toutes les chimères, mais surtout à celles qui se colorent d'un reflet d'héroïsme ou de mysticité. Cette aspiration au sacrifice est le péril et la gloire de la première jeunesse : chez moi, elle était effrénée. Je me trouvais à la merci de la première suggestion qui déchaînerait en moi ces beaux et funestes instincts de ma race, exaspérés par les circonstances.

« Telle j'étais lorsque je vins en Italie, il y a une vingtaine d'années, au mois de mai. Après le culte qu'il avait eu pour sa femme, l'Italie était la seconde passion de mon père ; il me l'avait fait partager : c'est sur ses genoux que j'ai commencé à lire les poètes toscans, avant les nôtres. Quand je suis arrivée dans ce pays, d'avance, il m'avait conquise. J'éprouvais une joie légère, mystérieuse, indéfinissable. C'étaient à la fois mes rêves d'enfance, fantômes de mes plus anciennes lectures, qui prenaient corps enfin autour de moi, et mes songes d'adolescente, mes premières visions de l'amour, qui se levaient en foule, nuancées par la magie de cette terre divine... de cette terre maudite qui devait m'apprendre la douleur...

Valmer se rappela que, récemment, il avait vanté l'Italie devant la mère et la fille, et que toutes deux avaient eu un mouvement inexplicable de recul et d'effroi instinctif.

— J'avais, poursuivit Mme Calegari, le pressentiment que l'amour m'attendait là-bas, qu'il se présenterait à moi avec la figure, le langage et la beauté spéciale de ce pays, irrésistible pour nos imaginations du nord. Je ne me trompais pas.

« Ce fut à Venise que je le rencontrai.

« Mon père avait loué pour la saison, dans le quartier San-Mosè, la moitié d'un palazzo assez délabré ; le possesseur actuel portait un des grands noms de l'histoire vénitienne : c'était un Rezzonico. Ruiné depuis longtemps, il n'avait pas les moyens d'habiter la fastueuse demeure de ses ancêtres sur le Canal Grande, et il était même obligé d'aliéner une partie de la sienne chaque année pendant le séjour des étrangers : le médiocre loyer qu'il en tirait lui permettait de subvenir au double luxe dont il se fût passé moins aisément que du nécessaire : sa gondole particulière et son fauteuil d'orchestre à la Fenice.

« Nous avions, bien entendu, notre installation indépendante et notre vie à part de la sienne. Mais le dernier Rezzonico était d'un si agréable commerce et d'une conversation si fine, que mon père, assez peu liant d'habitude, prit insensiblement du goût pour lui. Le gentleman appréciait ce patricien du XVIIIe siècle, qui trouvait moyen, avec de maigres ressources, de représenter encore les vertus aristocratiques : dignité, fierté, et cette politesse où se combinent à

****

justes doses l'aménité et la réserve. De plus, notre hôte possédait, des antiquités de son pays, une science qui l'enchanta ; tous deux parcoururent les rues et les canaux de la ville, et c'était pour mon père une joie .d'entendre son guide évoquer familièrement l'histoire des vieilles pierres. de Venise. Moi-même, j'étais souvent emmenée, et j'écoutais le bon Rezzonico avec une attention charmée dont il me savait gré.

« Un soir de juin, comme nous prenions le frais tous les trois sur le *verona* de l'habitation, l'unique domestique entra dans le salon et dit à voix basse quelques mots à son maître.

« Nous nous trouvions dans la partie du palazzo que celui-ci s'était réservée. Bien qu'il fût chez lui, notre hôte nous demanda courtoisement la permission de recevoir un visiteur. Mon père faisait mine de se lever pour partir, mais il le retint avec empressement.

« Le valet introduisit alors un homme d'une trentaine d'années, dont la figure grave et belle me frappa. Le nouveau venu s'avança vers Rezzonico, et tous deux se serrèrent la main avec une visible émotion. Ils échangèrent quelques paroles en italien. Je compris aisément que l'inconnu s'excusait de sa visite brusque à une heure tardive, ajoutant qu'il avait hésité d'abord à monter, mais que le désir de voir son ami le jour même de son arrivée à Venise l'avait emporté sur son scrupule. Rezzonico, l'interrompant, lui pressait de nouveau les mains, le grondait d'être si discret. Il se tourna ensuite vers mon père :

« — *Scusi, una parolina a questo signore.*

« Il entraîna le visiteur vers une fenêtre d'angle où tous deux conversèrent quelques instants, à mi-voix.

« La brève conférence terminée, ils gagnèrent la porte. Mais, avant de quitter l'inconnu, ce vieillard, qui, malgré l'affabilité de ses manières, n'était guère expansif de coutume, l'étreignit dans ses bras, comme un fils.

« Je me trouvais près d'eux ; il me sembla que l'autre avait pâli sous l'ambre de son teint. J'entendis une sorte de sanglot arrêté dans sa gorge, une parole murmurée à voix profonde :

« — *Amiço !*

« Puis il se retira. Notre hôte revint à nous, et, s'adressant à mon père :

« — Vous me pardonnerez, dit-il, de ne pas vous avoir présenté ce jeune homme, le fils de mon meilleur ami. J'ignorais s'il vous conviendrait de le connaître,... Il lui est arrivé un très grand malheur ; d'autres, dont je ne partage pas le jugement, ont appelé cela un crime. Mais je respecte trop la liberté d'appréciation de chacun, la vôtre surtout, mon cher hôte, pour prétendre imposer mon opinion. D'autre part, je voudrais encore moins mettre mon ami dans une situation fausse en le présentant à des personnes qui ont droit de le juger différemment.

« Mon père s'inclina et nous parlâmes d'autre chose. Tout en prenant part à la conversation, je demeurais songeuse : le nouveau venu avait produit sur moi une impression profonde.

« D'abord, par la réelle beauté de ses traits qui étaient ceux du type italien, avec quelque chose de plus grave, et par la singulière attraction de son regard. Ce regard, vous le connaissez : c'est celui d'Edna, de notre fille. Car, vous l'avez deviné déjà, cet inconnu était l'homme que je devais bientôt épouser, M. Demetrio Calegari.

« Puis les paroles énigmatiques du vieux Rezzonico étaient bien de nature à mettre en éveil l'imagination d'une jeune fille romanesque comme je l'étais alors. Coupable ou seulement malheureux, celui auquel elles se rapportaient m'apparaissait empreint d'une fatalité qui m'émouvait. Il conservait une évidente noblesse de race. Quoi qu'il eût pu faire, je sentais qu'il fallait surtout le plaindre ; pourtant, à la pitié qu'il m'inspirait, se mêlait un respect, une admiration instinctive.... Quelque chose de sombre qui était en lui aurait dû intimider ma sympathie, mais certaines natures ne sont-elles pas précisément attirées par ce qui les effraie?

« Quelques jours plus tard, je me trouvais au Lido, en promenade avec une de mes amies, mariée, qui était de passage à Venise. Comme elle passait, chaque année, plusieurs mois en Toscane, elle était initiée à tous les incidents de la vie florentine, et elle en parlait volontiers. Florence est, vous le savez, une ville très moderne, très cosmopolite, où la chronique mondaine ne chôme guère plus qu'à Paris. Mon amie me la racontait, en l'accommodant tant bien que mal à mes susceptibilités de jeune fille, d'ailleurs librement élevée.

« C'est ce qu'elle faisait ce jour-là, tandis que nous nous promenions sur la plage de l'Adriatique, harcelées par l'importunité des pauvres diables qui vendent des coquillages. Tout à coup, elle s'interrompit en jetant un cri de surprise.

« Elle avait tourné la tête. Mon regard suivit le sien, et, dans un groupe de quelques personnes, à notre droite, je reconnus le visiteur de l'autre jour. Il se présentait de profil, et la beauté énergique de ses traits s'accentuait ainsi plus fortement.

« — Comment ! s'écria-t-elle, il est ici, libre déjà? On ne l'a pas gardé longtemps.

« Et, voyant ma stupéfaction :

« — *Dear*, il faut que je vous dise... Cet homme est un criminel, figurez-vous. Oh ! mais pas un bandit ordinaire, non, un vrai criminel de roman. A Florence, il a mis à l'envers toutes les cervelles de la meilleure société. Pensez donc, un homme qui a commis un drame !... avec une figure pareille !... et des yeux comme ceux-là. Mais c'est irrésistible !

« Elle éclatait de rire. Moi, le cœur me battait. Dans mon impatience de savoir le reste, je ne respirais plus.

« — Il s'appelle Demetrio Calegari, continua-t-elle ; il est né dans les îles Ioniennes. Cette race, moitié vénitienne, moitié grecque, est une des plus belles du monde : du reste, vous voyez... Avec cela très riche : il dirigeait une des grosses banques de Florence, avec des succursales partout... Mais c'est le crime qui vous intéresse, n'est-ce pas ?... Donc, il y a trois ans, il s'est avisé de tomber amoureux de la femme d'un avocat florentin, Beatrice Ormanni. Elle était très honnête, elle l'a repoussé... Alors, il eut un accès de démence, un réveil de la sauvagerie héréditaire... Que voulez-vous? Quand on a eu des ancêtres corsaires pendant des siècles sur l'Adriatique... Enfin, il a tué la malheureuse.

« A ces mots : « Il a tué ! » mon regard s'attacha fixement sur le pâle profil : je fus étonnée de n'éprouver ni horreur ni répulsion. Le jugement instantané que je formai alors fut identique à celui de Rezzonico : le crime de Calegari ne me parut pas un attentat justiciable des lois ordinaires ; j'y voulus

Demetrio Calegari.

voir un piège, une suggestion de la destinée, quelque chose comme le délire que les dieux envoyaient à certains héros. Et le mot que je murmurai, malgré moi, ce fut : « Le malheureux ! ».

« Mon amie, qui l'entendit sans le comprendre, se récria :

« — Malheureux, lui ! Il a joué de bonheur, au contraire. Les jurés étaient tous convertis aux doctrines de Lombroso. Ces bons humanitaires n'ont vu qu'un malade dans cet assassin romantique. Ils l'ont acquitté. Pour la forme, on l'a interné dans une maison de santé, mais il faut croire que, s'il était assez fou pour le jury, il ne l'était pas assez pour les médecins, puisqu'ils lui ont donné son exeat. Et voilà comment ce compagnon, qui devrait être entre quatre murailles, au *carcere duro*, où l'on devient fou pour tout de bon, se promène actuellement au Lido, les mains dans ses poches.

« Elle parlait en anglais, sur un ton très élevé, oubliant qu'en Italie, à Florence surtout, les personnes de la société comprennent pour la plupart notre idiome. Je tremblais que M. Calegari ne e ût entendue.

« Ma crainte était juste : comme mon amie achevait, il se tourna vers nous et nous regarda. De quelle façon !

« Il n'y avait dans ce regard aucune colère : cet homme avait perdu le droit de s'irriter. Mais quelle tristesse ! Il semblait dire : « Vous pouvez parler ainsi « de moi : j'appartiens à la vindicte publique ; « chaque passant a droit de l'exercer. Mais « vous devriez avoir pitié, vous, une femme. » Je me sentis rougir et pâlir, comme si j'eusse prononcé moi-même les paroles cruelles qui l'avaient blessé ; je n'avais fait pourtant que les entendre. Mais il le savait ! il m'avait vue et reconnue : c'était assez pour me donner autant de douleur et de honte qu'à lui. Je m'aperçus ainsi que je commençais à l'aimer.

« Tout cela s'était passé en quelques secondes. M. Calegari se retourna vers le groupe qui l'accompagnait ; mon amie, avec sa mobilité et son inconscience féminines, se mit à parler d'autre chose. Elle n'avait rien vu.

« Mais moi, ce visage, ce regard d'humilité fière et résignée, ne cessèrent plus de me hanter comme un reproche. J'aurais voulu me trouver un instant seule avec M. Calegari, lui dire que je n'étais pour rien dans ce qu'on venait de lui faire subir, que j'en avais souffert, que, moi du moins, je ne le jugeais pas, et que je me bornais à le plaindre. Cela m'aurait soulagée.

« Le lendemain, mon désir s'accomplit.

« J'étais habituée à sortir seule. Ayant à faire quelques emplettes dans les boutiques de « souvenirs », qui se trouvent sous les arcades des Procuraties, je descendais l'escalier de notre palazzo. Arrivée au bas, je rencontrai M. Calegari qui se rendait chez notre hôte.

« D'un commun accord, instinctif et soudain, nous nous arrêtâmes. Après la scène de la veille, nous sentions que nous avions quelque chose à nous dire.

« Toutes sortes de sentiments m'agitaient à la fois, sans pouvoir se faire jour par des paroles. J'étais en même temps heureuse et confuse de la brusque rencontre qui me permettait de m'expliquer, de m'excuser devant lui d'avoir surpris son secret par l'indiscrétion d'une autre.

« Il ne m'en laissa pas le loisir.

« — Mademoiselle, me dit-il en se découvrant, veuillez me pardonner... Ce qui s'est passé hier m'enlève une illusion que j'avais eu le tort de conserver. J'espérais qu'ici on ne savait rien de... d'une terrible circonstance de ma vie. Je me trompais. Maintenant que je suis désabusé à cet égard, je n'ai plus le droit de vous exposer à des rencontres qui doivent vous faire horreur... puisque vous me connaissez. Je vous les épargnerai à l'avenir. C'est la dernière fois que j'aurai eu l'honneur de vous croiser dans l'escalier de mon vieil ami Rezzonico. Je vais le prévenir.

« L'émotion m'empêcha de trouver d'abord une réponse. Déjà, m'ayant saluée, il avait monté deux ou trois marches, tandis que, nerveusement, je fondais en larmes, désespérée de ne rien pouvoir lui dire.

« — Arrêtez, monsieur, m'écriai-je enfin ; arrêtez, je vous en supplie.

« Il m'obéit, tout surpris de me voir en pleurs, hors de moi-même.

« — Monsieur, repris-je haletante, je ne veux pas que vous renonciez à cause de moi à votre ami. Vous entendez, je ne veux pas... Et il ne faut pas non plus croire que je vous juge comme les autres, parce que... parce que ce n'est pas vrai... Et cela me fait trop de chagrin.

« À peine avais-je prononcé ces paroles que je m'arrêtai, épouvantée de ce que je venais d'oser. D'ailleurs, quelqu'un pouvait survenir : un domestique, un visiteur, mon père. Et tandis que M. Calegari me regardait, tout interdit, muet à son tour, je m'enfuis en tamponnant mon visage avec mon mouchoir. Pendant que je me hâtais vers la place Saint-Marc par la Frezzaria et la Calle del Ridotto, je devais avoir l'air d'une folle, tant j'étais effrayée, honteuse, — heureuse malgré tout.

« J'aimais. »

Mme Calegari interrompit un instant son récit pour s'adresser à Valmer :

— Sans doute, monsieur, en écoutant cette confession, vous trouvez que le mot de folie qualifie bien une telle aventure de cœur.

— Rien n'est fou, madame ; rien n'est raisonnable dans les choses de l'amour.

— Peut-être. Néanmoins, certains choix peuvent paraître extravagants. Dans celui-ci, on a droit de voir, sinon la perversion, du moins l'excentricité d'une jeune Anglaise qui s'éprend d'un criminel parce qu'il est un personnage rare et singulier, une sorte de phénomène, comme serait un artiste ou un acrobate célèbre, que sais-je? Et si l'on ajoute que Calegari était très beau, on croira que tout est expliqué. Eh bien, non, monsieur. Il y eut autre chose, et mieux. Certes, la beauté de cet homme m'attirait ; l'acte farouche qui l'avait retranché du monde me hantait, comme la violence d'une tragédie entendue qu'on n'arrive pas à oublier. Mais cette espèce d'admiration épouvantée ne fit que prêter son aiguillon à la tyrannie d'un sentiment bien plus fort, vraiment irrésistible : la pitié.

« Par ce que notre hôte avait dit de lui, mais surtout par ma conviction passionnée, j'étais sûre que cet homme, qui avait accompli un crime, n'était pourtant pas un criminel. Qui de nous, à certains moments de sa vie, n'a pas commis une de ces actions dont on dit presque aussitôt : « Non, cela n'était pas de moi. » Du profond de notre être se lèvent parfois d'obscures tempêtes. C'est l'instinct, non la volonté, qui les déchaîne. Celle-là avait été plus affreuse : voilà tout.

« Pour aider cet homme à rebâtir sa vie

écroulée, il fallait un prodige de tendresse égal à ce prodige d'infortune. La pitié, ou plutôt l'amour généreux d'une créature entièrement innocente, réparerait les ruines, rétablirait l'équilibre rompu de la destinée, replacerait le maudit à son rang social. Voilà, monsieur, comment j'ai aimé le père d'Edna avec l'enthousiasme de mon âge, la fièvre mystique de ma race, et cette audacieuse initiative dont j'étais armée par mon éducation. L'existence m'en a bien punie : du moins, j'aurai poursuivi peut-être une assez noble aventure. »

Pour se convaincre que Mme Calegari était sincère, il aurait suffi de la regarder tandis qu'elle prononçait ces paroles. Une flamme avait passé dans son regard où palpitait l'émotion de ces souvenirs ; elle avait en ce moment une beauté d'illuminée. C'était bien l'Irlandaise, la Celte, dont l'âme ardente transparaissait, rayonnait à travers l'enveloppe britannique, l'âme amante des chimères.

— Il est inutile, poursuivit-elle, que je vous énumère les incidents de notre liaison sentimentale : rencontres furtives, lettres échangées. Mais je dois vous dire que M. Calegari ne fit jamais rien pour encourager la passion qu'il m'avait inspirée. Au contraire, il semblait réagir et se débattre contre l'influence de mon affection ; il s'armait d'énergie contre la douceur que, malgré lui, elle lui procurait ; il cherchait à repousser la consolation que je lui apportais, et qui, cependant, — il me l'avoua depuis, — lui était d'un indicible réconfort. C'était lui qui me mettait en garde contre les entraînements de ma sensibilité, et tremblait que je ne fusse compromise.

« Mais la réserve qu'il affectait exaspéra ma tendresse impérieuse, impatiente des obstacles. J'avais plus d'amour qu'il n'avait de stoïcisme : dans le combat que nous nous livrions, moi pour le conquérir, lui pour se défendre et me défendre de moi-même, c'est moi qui devais avoir le dernier mot.

« Enfin, mon père fut instruit de tout. Non point, comme vous pourriez le croire, par le hasard banal d'une lettre interceptée ou d'un rendez-vous surpris, mais par une démarche spontanée que je fis auprès de lui, quand j'estimai que je ne pouvais garder mon secret plus longtemps sans manquer au respect et à la confiance auxquels il m'avait également habituée.

« En cette circonstance, il fut tel que je l'attendais : il ne se départit point de son calme ni de sa haute sagesse. Il écouta, sans l'interrompre, la confession que je lui fis, et toutes les raisons que j'ajoutai, en faveur de M. Calegari, à la raison prépondérante : celle de mon amour. Je le lui représentai tel qu'il était en effet, comme un très noble cœur, qui expiait secrètement un crime presque involontaire par la pratique de toutes les vertus généreuses. Ne pouvant faire agréer son repentir à la famille de l'infortunée, qui avait juré sa mort, il en faisait bénéficier l'humanité misérable ; il ne s'en vantait guère, mais parfois, dans l'expansion de nos causeries, il avait trahi son dévouement incessant aux malheureux et aux œuvres sociales de son pays. Enfin, j'exaltai la vaillance et la simplicité de cette vie, qui s'était vouée toute au rachat silencieux d'un seul acte.

« Expiation stérile aux yeux des hommes, dont la justice est trop bornée pour s'étendre jusqu'au pardon ; expiation sublime, puisqu'elle ne devait réhabiliter le coupable que devant lui-même.

« — N'est-ce pas votre avis, mon père? dis-je en terminant. Et ne croyez-vous pas, comme moi, que ce serait un amour bien placé celui qui se consacrerait à encourager cet homme et s'offrirait à lui en récompense?

« Mon père ne me répondit pas tout de suite. Je le regardais anxieusement, cherchant à deviner l'arrêt qu'il ne formulait pas encore, et qui tenait ma vie en suspens. Enfin, il me dit :

« — Tu as bien fait de me parler la première, avant que le hasard m'ait tout appris. Ton sentiment ne peut être que sérieux et noble, puisque tu es venue spontanément me le confier. Reste à savoir s'il te rendra heureuse, et je ne puis pas y souscrire avant d'y avoir mieux réfléchi, surtout avant de connaître mieux celui qui te l'inspire. Toi-même, tu as besoin d'être plus assurée de l'état de ton cœur.

« — Oh ! père, je suis bien sûre que je l'aime.

« — Et lui? De quelle façon t'aime-t-il? Il faut que votre amour réciproque soit exceptionnel pour justifier un mariage d'exception. Tout autre père, à ma place, t'opposerait un refus irréductible ; il n'admettrait même pas la possibilité d'accorder sa fille à un homme que la justice a dû faire passer pour fou, afin de ne pas être obligée de le condamner comme criminel. Moi, je consens à éprouver sa raison, son repentir et la sincérité de son amour pour toi. Mais il faut du temps.

« — Alors, mon père?...

« — Je te demande de ne plus le voir, de ne plus correspondre avec lui, jusqu'à ce que ma conviction soit faite, jusqu'à ce que je sache si tu dois réellement trouver le bonheur dans des conditions si opposées à la tranquillité qui fait d'ordinaire les unions heureuses.

« — Vous me permettrez, en ce cas, de lui écrire pour l'aviser de votre décision?

« Il réfléchit un instant.

« — Soit !

« Immédiatement, j'adressai à M. Calegari une lettre pleine de tendresses, de serments et de toutes sortes de folies. Mon père ne demanda même pas à la voir. Malgré l'agitation de cette scène, le regret de notre correspondance et de nos rendez-vous interrompus, je me sentais au fond bien heureuse ; l'aveu fait à mon père avait mis ma conscience en paix, et j'avais pour l'avenir un grand espoir. Un homme tel que M. Tyler se connaissait en caractères ; il ne pouvait pas ne pas rendre justice à celui de Demetrio Calegari. Sûrement, il me permettrait un jour de l'épouser, j'attendrais un peu mon bonheur, mais il serait sans ombre, consacré par l'approbation paternelle.

« Le lendemain soir, comme je m'étonnais de ne pas avoir encore reçu de réponse à ma lettre, on nous annonça M. Calegari.

« Le cœur me battit quand le domestique prononça ce nom. Que signifiait cette démarche? Confusément, je pressentis quelque inspiration héroïque et cruelle pour tous deux, telle qu'on pouvait bien l'attendre d'un tel homme : peut-être venait-il déclarer à mon père qu'il renonçait à moi, qu'il ne voulait pas être la cause d'une imprudence passionnée que je pourrais regretter plus tard.

« J'avais deviné juste.

« — Monsieur, dit-il à mon père, la lettre que je viens de recevoir, et qui me fait connaître votre volonté, m'a ouvert les yeux sur la responsabilité que j'allais encourir. J'allais oublier, en effet, qu'une existence comme la mienne n'a plus le droit de s'associer, même par le plus pur des sentiments, avec une autre existence, sous peine de la flétrir. Je n'ai pas su repousser immédiatement la sympathie qui daignait s'offrir à moi : j'ai eu tort. Pardonnez-moi, et que mademoiselle votre fille me pardonne. Ma conscience — si vous croyez que je puisse toujours employer ce mot — s'est tout à coup réveillée. Elle est plus sévère que vous-même. Vous consentiez à m'accorder le bénéfice d'une épreuve, vous suspendiez votre jugement jusqu'à ce que le

résultat vous eût éclairé : elle m'interdit d'accepter cette grâce, où je suis pourtant heureux de voir un témoignage de votre estime. Avec mes remerciements, je vous prie de recevoir mes adieux.

« — Dois-je comprendre, monsieur, répliqua mon père, que vous n'aimez pas ma fille?...

« Sous le choc de cette demande imprévue, le malheureux se troubla. Mais il se ressaisit bien vite, et, le visage empreint d'une résolution douloureuse :

« — Oui, monsieur, répondit-il. Vous avez raison. J'ai pour elle une gratitude, un respect infinis. Mais... mais je ne l'aime pas.

« — C'eût été pourtant, monsieur, votre seule excuse, pour l'avoir entraînée dans cette aventure.

« Et ses yeux interrogeaient le visage de Calegari pendant qu'il prononçait ces paroles. Il n'était dupe qu'à moitié de l'admirable mensonge, et je le voyais bien.

« — Mon père, m'écriai-je, il ment. Répétez-le donc que vous ne m'aimez pas, dis-je à l'autre, qui pleurait, écroulé, anéanti par l'effort du sacrifice.

« Mon père se tut, mais je vis bien que l'épreuve exigée était devenue inutile. En cette minute, il avait jugé le caractère de Calegari et son amour pour moi.

« Et c'est ainsi que j'ai pu épouser l'homme que j'aimais. M. Tyler ne pensait point à la façon du monde ; il ne m'eût pas permis, je crois, de devenir la femme d'un de ces Don Juans qui volent l'honneur d'autrui avec les façons élégantes et bénignes de la comédie, et qui ne sont jamais cause d'aucun drame ; il les méprisait en raison même de l'indulgence que le monde leur accorde. Mais il me laissait choisir comme époux Demetrio Calegari, estimant que malgré son crime, commandé par la fatalité et l'instinct plutôt que librement consenti, cet homme avait en lui des richesses de générosité et d'affection qui devaient assurer mon bonheur.

« Cependant, au milieu de ma joie, je gardais rancune à mon fiancé du scrupule qui l'avait poussé à vouloir renoncer à moi et à renier notre amour. Un jour, je lui en fis doucement reproche.

« — C'est qu'une haine se tient toujours armée contre moi, me répondit-il ; je vis sous la menace de la vengeance que j'ai provoquée. Et maintenant encore, mon amie, je me demande si j'ai bien fait de vous admettre à partager ces risques formidables... Les hommes m'ont acquitté, mais mon ennemi m'a condamné à mort.

« Puis, soudain, avec une sorte de solennité qui me fit froid :

« — Si je vous laissais trop tôt veuve, vous ne m'en voudriez pas?

« — Taisez-vous, lui dis-je frissonnante.

« Et aussitôt, avec l'audace de mon âge et de mon amour :

« — Moi vivante, on ne vous touchera pas. Mon ami, nous nous aimons : qu'est-ce qu'on peut contre nous? Mais s'il y a du danger, eh bien, tant mieux ! Nous nous aimerons davantage, voilà tout.

« Nos fiançailles furent bientôt connues. J'eus à subir les honneurs d'une publicité indiscrète jusqu'à l'outrage : les journaux donnèrent le portrait de M. Calegari ; en rappelant « le triste drame dont le souvenir se rattachait à son nom » ils donnèrent aussi le mien, et firent une grande dépense de psychologie à propos de « la jeune Anglaise qui s'était laissé fasciner par le prestige d'un héros de cour d'assises » ; ils ne manquèrent point de remarquer combien cela était, en effet, anglais et féminin. Je reçus des lettres anonymes où il n'était pas difficile de deviner la jalousie de certaines femmes auxquelles la beauté et la légende de Calegari avaient tourné la cervelle, selon le mot de mon amie. Les unes étaient simplement injurieuses ; les autres, menaçantes, me prédisaient le même sort qu'à la malheureuse Béatrice. Au lieu de m'affecter, cette persécution exaltait encore ma joie et mon amour, je ne concevais pas de haine contre les auteurs de ces attaques ; je plaignais sincèrement ceux et celles qui, n'aimant pas comme moi, en étaient réduits à huer de loin mon bonheur. Et je trouvais mon destin magnifique entre tous : j'avais cette sensation, la plus enivrante qui soit pour nous, que ma tendresse sauvait une destinée et une âme. Vraiment, pendant cette époque de mes fiançailles et pendant les premiers temps de notre mariage, j'ai été trop heureuse ! »

A ce moment, une fanfare éclata, creva le silence ; des ondes cuivrées firent frémir les feuillages et roulèrent sous la voûte des arbres, d'un bout à l'autre de l'avenue. Une musique militaire venait d'envahir le jardin ; la conversation devenait impossible.

— Si vous voulez, dit Valmer en se levant, nous allons traverser le parc du côté du bassin, et nous suivrons une de ces belles allées là-bas, où l'on ne rencontre que de rares flâneurs.

— Oui, allons.

Ils descendirent les marches du terre-plein et gagnèrent le milieu du jardin royal. La foule se pressait déjà autour des musiciens, avide de s'étourdir au plus fort du vacarme.

— Eux aussi, dit Mme Calegari en passant, ces gens-là se grisent de la vie. Pauvres cœurs humains ! il faut qu'ils vibrent comme ces cymbales qu'une main sans pitié entre-choque.

— Croyez-vous, répliqua Valmer, que l'humanité consentirait à vivre si on la guérissait de l'enthousiasme?

— Vous avez raison, dit-elle sourdement. Elle subsiste par sa propre démence. Nous n'avons de cesse que nous n'ayons assuré, par nous et par ce qui vient de nous, la perpétuité de la douleur. Si seulement nous étions seuls à payer les frais de l'aventure ! Mais le pire est que nous y engageons avec nous des êtres dont nous avons disposé avant leur naissance : nos enfants.

Tout en causant, ils étaient sortis de l'espace encombré par la foule. Ils atteignirent une avenue ombreuse qui s'ouvrait avec majesté ; les éclats du cuivre et les grondements des tambours ne leur arrivaient plus qu'adoucis et presque pareils à la rumeur d'une fête lointaine. Alors, ralentissant le pas, Mme Calegari continua son récit en marchant :

— Pendant les premiers temps de notre mariage, nous restâmes à Venise, puis nous allâmes passer quelques mois à Rome. Florence nous était naturellement interdite : mon mari avait laissé des capitaux dans sa maison de banque, gérée exclusivement par un de ses cousins, qui avait été d'abord son associé. Il ne s'occupait plus que de ses œuvres de bienfaisance, et il y dépensait son activité inlassable. Il m'y avait initiée : la communion de pensées et d'efforts était parfaite entre nous.

« Je le chérissais de plus en plus, mais à mesure que cette affection, toujours plus profonde, se faisait plus calme, je m'apercevais d'un autre changement dans mon caractère. Depuis que l'exaltation des premiers moments était tombée peu à peu, je cessais de considérer notre bonheur comme invulnérable. De temps en temps, je songeais, malgré moi, à la haine qui menaçait toujours mon mari et qui veillait, attendant le jour et l'heure. Des terreurs me venaient le soir, s'il tardait à rentrer ; je ne vivais plus, et à son retour j'avais une façon farouche de l'embrasser, comme s'il m'était revenu d'une guerre. En cachette, je m'étais informée de l'homme que j'avais le plus sujet de craindre : l'époux de Béatrice Ormanni. J'avais appris qu'il vivait à Florence, seul avec ses deux enfants, et qu'il avait refusé de se remarier. Cela ne m'avait guère rassurée. J'étais bien moins intrépide, depuis que, sans cesser d'aimer passionnément mon mari, je m'étais mise surtout à le chérir. La passion ne voit rien qu'elle-même et son objet ; la tendresse voit tout, tient compte de tout et s'alarme de tout.

« Je devins mère ; la naissance d'Edna acheva rapidement cette métamorphose de mon caractère. Du jour où elle naquit, je n'ai plus jamais su ce que c'était que le complet repos de l'esprit : je craignis pour elle en même temps que pour son père, peut-être davantage. Je n'ignorais point qu'en Italie on se venge avec usure, et que la colère inassouvie, une sorte de piété atroce qui multiplie les sacrifices pour apaiser les morts outragés, pouvaient armer les Ormanni contre mon enfant elle-même.

« J'oubliais entièrement mes craintes lorsque je me trouvais dans ma paisible patrie, où nous allions passer l'été chaque année auprès de mon père ; dans un village de la côte, peuplé de pêcheurs et de laboureurs, en ce comté de Kerry, la perle de l'Irlande, je me sentais en sûreté, hors de toute atteinte. Mes terreurs me reprenaient dès que j'avais posé le pied sur le sol de l'Italie ; cependant, il fallait bien y revenir. Il en eût trop coûté à mon mari de rompre entièrement avec les quelques amis qui lui étaient demeurés fidèles, et ses affaires de toute sorte le rappelaient de temps à autre. D'ailleurs, Rome et Venise étaient asez loin de Florence pour que mes appréhensions dussent me paraître à moi-même chimériques. Je n'en étais pas moins tourmentée.

« Nous étions mariés depuis six ans lorsque M. Calegari eut brusquement la fantaisie d'un voyage en Sicile.

« — Il faut absolument que vous voyiez Taormina, me dit-il, et le pèlerinage de Sainte-Rosalie et l'Etna.

« — Et les brigands, fis-je pour le taquiner.

« — Mais il n'y en a plus depuis longtemps. Toute le monde vous le dira là-bas.

« — Eh bien ! allons, mon ami, allons. Du moment que vous me répondez de la Sicile...

« Nous partîmes. Nous arrivâmes à Palerme au milieu d'une nuit divine : ce fut un de ces rêves qui ne se racontent pas. Le charme de la terre merveilleuse opéra sur moi comme sur quiconque l'a visitée, et, au bout de trois jours, je ne songeai plus qu'il eût jamais existé de brigands dans cette île fleurie. Au reste, ce que je redoutais depuis des années, ce n'étaient pas des voleurs de grand chemin, mais un homme silencieux, mystérieux et implacable, qui, dans la retraite où il avait disparu, attendait son heure. Celui-là était l'ennemi, le danger obscur, permanent. Mais il était bien loin sans doute.

« M. Calegari me proposa une excursion dans la montagne : je l'acceptai sans arrière-pensée. Nous prîmes place dans une espèce de carriole, conduite par un paysan brun, aux jambes nues, assis sur le brancard attelée d'un bidet maigre, qui faisait tinter furieusement ses sonnailles. La route montait indéfiniment entre des moissons jaunes vers le ciel d'un bleu violet. J'ai encore dans les yeux ce paysage à deux tons, braisillant au soleil.

« Nous fûmes bientôt dans une solitude absolue. Et je me dis que si les gens du pays avaient eu tort, par hasard, dans leur optimisme, si, décidément, il y avait encore des brigands en Sicile, ceux-ci auraient eu beau jeu avec nous.

« Un bouquet d'oliviers se détachait sur la gauche de la route. Au moment où nous l'atteignions, j'en vis sortir une fumée blanche ; j'entendis une détonation.

« Notre cheval s'abattit, une jambe cassée ; mon mari saisit son revolver, qui était tout chargé, et fit feu sur l'un des assaillants qui venaient de se démasquer ; celui-ci ne fut pas touché, et deux de ses compagnons, bondissant sur la route, ripostèrent avec leurs fusils. M. Calegari tomba à la renverse. Pendant le combat, notre cocher n'avait pas bougé : j'en fis la remarque, avec la lucidité d'observation que l'on garde parfois dans une catastrophe.

« Jusqu'alors l'instinct maternel m'avait retenue dans la voiture ; je m'étais dressée debout et je protégeais Edna de mon corps. Quand je vis tomber mon mari, je sautai à terre au-devant des balles.

« Au même moment, une espèce de berline qui venait en sens inverse arriva sur nous : c'était celle du courrier escortée par des gendarmes. En un clin d'œil nos agresseurs enfourchèrent leurs chevaux, cachés derrière le bouquet d'arbres, et disparurent.

« Les gendarmes et le conducteur de la berline s'empressèrent autour de nous, ainsi que notre cocher, qui manifestait tout à coup le plus grand zèle. Mon mari souffrait atrocement ; la balle était entrée par devant, un peu au-dessous de la ceinture, et cependant il se plaignait d'avoir les reins brisés ; sans doute elle avait frappé la colonne vertébrale. Edna se tordait dans des convulsions. Il fallait gagner vite le bourg le plus proche, où se trouvait un médecin ; là, nous donnerions les premiers soins à M. Calegari, puis nous le ramènerions à Palerme, avec un nouvel attelage, le courrier devant reprendre sa route.

« Oh ! monsieur, ce retour entre mon mari mourant et ma fille qui ne sortait de sa torpeur semblable à la mort que pour retomber dans ces convulsions effrayantes ! Quelle torture ! N'aurait-elle pas dû suffire à l'assouvissement de la plus féroce des haines?

« Je passe sur ce qui suivit, sur mes angoisses qui s'éternisèrent. Edna se remit assez vite, et, du choc qui aurait pu la tuer, elle ne garda qu'une exaltation nerveuse pendant quelque temps. Mais j'eus à trembler des semaines entières pour mon mari : quand je fus à peu près certaine qu'il survivrait, je me demandai s'il resterait paralysé. La moelle épinière avait été atteinte, les jambes refusaient le service et les pieds étaient martyrisés de douleurs.

« Cependant, la justice avait commencé une de ces enquêtes qui durent deux ans, sans aboutir, dans un pays où l'honneur défend de livrer un coupable, où les témoins cités se récusent, se taisent ou se rétractent. Mais moi, pour savoir d'où venait le crime, je n'avais pas besoin des indications de la police ; j'avais songé à Ormanni, au moment même où le premier coup de fusil était parti de derrière les oliviers. C'était lui qui avait posté les assassins au bord de cette route, à l'endroit où notre misérable cocher — son complice — nous avait conduits. Il avait choisi cette terre de Sicile où le meurtre est le plus facile et le plus sûrement impuni.

« Je ne pus m'empêcher de le dire à M. Calegari lorsqu'il fut en état de m'entendre. Généreusement, il s'efforça de combattre cette idée, parce qu'elle m'affolait, mais je devinai qu'il la partageait au fond. D'ailleurs, je devais bientôt avoir une certitude.

« Un soir, vers six heures, comme il reposait sur une chaise longue dans sa chambre, j'étais auprès de lui. On frappa : c'était le portier de notre villa. Je lui fis signe de ne pas troubler le repos du convalescent ; il entra sur la pointe des pieds et, venu à moi,

me remit une enveloppe qui ne portait aucune suscription.

« — On vient d'apporter cela pour Monsieur ou Madame, me dit-il.

« Je décachetai le pli et trouvai une carte de visite : « Filippo Ormanni. » Et, au bas, ces deux mots : « *Ci rivedremo**. »

« Le portier était sorti. Je déchirai la carte

en mille morceaux, que je jetai dans une corbeille.

« Non, bandit, murmurai-je, tu ne nous reverras pas. Je te défie.

« Et, m'inclinant vers le blessé qui reposait toujours, j'effleurai son front de mes lèvres, de façon à ne pas l'éveiller. Ah ! le pauvre cher, comme je l'aimais, en ce moment où l'on voulait me le tuer !

« Huit jours après, nous quittions la Sicile et l'Italie ; nous n'y sommes jamais revenus. Je l'avais demandé à mon mari, au nom de notre amour et de notre fille. Et j'ai fait

*Nous nous reverrons.

*****

mentir la menace d'Ormanni, jusqu'à présent du moins. »

Ils avaient atteint l'extrémité de l'allée, ils allaient sortir du parc. Mme Calegari avisa un banc sur la droite, au bord d'une pelouse, sous un vernis du Japon, dont le feuillage avait un coloris de fleurs ; elle se dirigea de ce côté. Elle se laissa tomber sur le siège, brusquement lasse ou découragée — peut-être à cause de ce qui lui restait à dire. Valmer la considérait avec une respectueuse compassion.

— Voulez-vous que nous en restions là pour aujourd'hui ? proposa-t-il. Vous semblez fatiguée ; vous avez eu trop d'émotion à remuer de tels souvenirs.

— Non, répondit-elle, il vaut mieux en finir. D'ailleurs, ce sera bientôt fait.

Valmer n'insista pas ; il avait parlé selon sa pitié, contre son désir. Car elle allait lui apprendre maintenant ce qui concernait Edna, ce qu'il lui tardait tant de savoir.

— Donc, reprit-elle, nous vécûmes pendant quelques années à peu près tranquilles auprès de mon père. Nous ne parlions jamais des choses qui nous étaient arrivées là-bas, et que nous réussissions presque à oublier. Edna grandissait en beauté, en santé, en esprit. Elle était très gaie, elle avait une alacrité d'intelligence et d'humeur extraordinaire ; elle montrait cette vivacité d'intuition, ce sens prompt du comique qui se rencontrent si souvent chez les Irlandaises. C'était une enfant à la fois adorable et amusante, telle que vous la voyez aux instants où elle est réellement elle-même. « Cette chère petite « fleur humaine ! c'est le signe vivant du par- « don de Dieu que je crois voir entre nous » me disait mon mari quelquefois. Seule allusion qu'il fît au passé redoutable.

« M. Calegari mourut au moment où nous avions à peu près retrouvé ensemble le bonheur, emporté par un accident foudroyant et vulgaire. Il avait survécu à une blessure qui aurait dû être deux fois mortelle ; il fut tué par le passage d'une embolie. Il eut juste le temps de m'embrasser et de me remercier passionnément des joies que ma tendresse lui avait données.

« — Tu as été pour moi, me dit-il, la meilleure et la seule. Tu as remplacé les parents et les amis, qui m'avaient presque tous abandonné : tu as refait ma vie et mon âme. A cause de toi, je m'en vais de ce monde consolé.

« Je méritais peut-être ces paroles, car je l'avais aimé infiniment.

« Pendant trois années encore, je demeurai en Irlande, bien que la mort de mon père, survenue quelques mois après celle de mon mari, m'eût fait de notre cher foyer familial un désert. Mais j'adorais ma patrie et je m'y sentais loin de cette Italie dont j'avais désormais la terreur, protégée par la distance et par l'océan interposé.

« Cependant la haine de nos ennemis devait nous y rejoindre.

« Edna venait d'avoir quinze ans. Elle avait quitté le deuil depuis quelques mois ; je conservais encore le mien, mais en l'atténuant à cause d'elle, pour ne pas trop assombrir l'existence aux yeux de cette enfant, pendant les années où le caractère se forme, où la vie prend pour nous sa couleur définitive. Peu à peu, j'avais rétabli à la maison une gaieté décente, faisant violence à mes chagrins et à mes regrets. J'attirais dans notre modeste château le plus possible de jeunes filles, car je trouvais indispensable qu'Edna fût entourée d'amies de son âge : seule avec moi, elle aurait mûri trop tôt ; je ne le voulais pas. Je la laissais très libre avec ses petites compagnes ; elle correspondait avec elles sans contrôle. La femme de chambre me remettait ses lettres en même temps que les miennes ; je me bornais à les lui donner sans en prendre connaissance : c'était elle qui se faisait une joie de me les lire. Je recevais ses confidences et la conseillais gravement sur la façon dont elle devait répondre à une invitation de Lilian, ou sur le cadeau qu'elle pourrait offrir à Violet pour son anniversaire.

« Un jour, je lui remis ainsi trois ou quatre lettres. Sur une des enveloppes, j'aperçus une écriture inconnue.

« La chose ne me préoccupa nullement d'abord. C'était peut-être la gouvernante d'une de ces demoiselles qui avait tenu la plume. Après avoir donné à Edna sa correspondance, je passai dans mon cabinet de toilette, à côté de la chambre où elle se tenait. J'achevais de me coiffer seule, comme j'en avais pris l'habitude.

« — Eh bien, Edna, dis-je tout en terminant ma besogne machinale, qu'est-ce qu'elles te racontent, tes amies ?

« Elle ne me répondait pas.

« — Tu ne m'as pas entendue ? lui demandai-je en riant. C'est bien intéressant, alors ?

« Je n'eus encore pas de réponse.

« J'appelai plus fort :

« — Edna !

« Rien. Ne sachant que penser, je rentrai dans la chambre.

« Et j'aperçus ma fille, toute blanche, immobile, la lettre inconnue à la main. Ses doigts s'ouvrirent. Elle la laissa tomber à terre. Je la ramassai et je lus...

« Ah ! monsieur, quelle minute atroce ! Le texte se brouillait sous mes yeux, je ne distinguais plus que quelques mots, tremblants, rougeoyants comme les inscriptions enflammées dans la nuit :

« *Votre misérable père... Son crime inexpié... C'est à vous que nous en demanderons compte...*

« Quel cauchemar était-ce là ? Je me domptai et je lus tout.

« Adressée *à la fille de l'assassin Calegari*, comme disait l'en-tête, la lettre contenait une menace de mort contre ma bien-aimée Edna. Elle paierait pour lui, puisqu'il avait échappé. La chose arriverait tôt ou tard, mais sûrement. L'exécution se ferait peut-être attendre : ce serait pour la frapper en plein bonheur, fiancée, épouse, mère. En tout cas, elle devait se considérer dès à présent comme condamnée. L'arrêt était juste : pour qu'elle n'en doutât pas, disait-on, on lui rappelait le crime paternel dont elle avait hérité. En lui apprenant l'affreux secret que j'avais réussi à lui cacher toujours, on accablait cette âme virginale sous la honte en même temps que sous l'épouvante.

« Voilà ce qu'il y avait dans cette lettre, ce que ma fille avait lu, monsieur. Elle resta quelques instants immobile, les yeux fixes ; puis, faisant un grand effort, elle me demanda d'une voix que je ne reconnus pas :

« — Est-ce que c'est vrai, ce qu'il y a là ?

« Sa première pensée n'était pas de crainte pour elle-même, mais de pudeur pour la mémoire paternelle.

« Il me fallait répondre à une telle question, moi sa mère à elle, moi sa veuve à *lui.* J'y parvins.

« — Mon enfant, lui dis-je, ne juge pas ton père. Il t'a bien aimée.

« Avec un instinct de femme, déjà, elle répéta le mot qui m'était venu jadis aux lèvres, dans une même circonstance :

« — Il a dû être bien malheureux !

« Je ne répondis rien, j'ouvris mes bras. Longtemps, elle pleura contre ma poitrine, tandis que je baisais ses cheveux.

« Lorsque je me retrouvai seule, je repris la lettre, et, malgré l'horreur qui faisait trembler mes doigts, je me mis à l'examiner.

« Il ne me semblait point qu'elle fût d'Ormanni lui-même. « *Nous nous vengerons,* » disait-elle. Pourquoi ce *nous* ? En y regardant de près, je crus reconnaître, à certains détails, une main féminine. A défaut de signature, c'était une indication que je résolus de vérifier. Je m'arrêtai, en attendant, à cette conclusion instinctive : Ormanni était mort, léguant sa haine à ses deux enfants, et c'était sa fille qui avait écrit à Edna la lettre infâme. »

Ici, Valmer ne put s'empêcher d'interrompre :

— Pour moi, j'aurais cru plutôt à quelque mystification féroce, à une lettre fabriquée. Un tel acharnement dans la haine est-il bien vraisemblable aujourd'hui ? Cette vengeance qu'on se transmet d'une génération à l'autre n'est guère une chose de notre siècle.

— Peut-être. Mais c'est une chose de Florence. Ce sont les Florentins qui ont appris la vendetta aux Corses, leurs descendants. Le vieux proverbe du moyen âge a toujours force de loi chez eux : « *Vendetta di cento anni tiene lattajuoli.* Après cent ans, la vengeance a encore ses dents de lait. » D'ailleurs, mes soupçons devinrent promptement une certitude. Le vieux Rezzonico, qui habitait toujours Venise, me confirma la mort d'Ormanni, dont les deux enfants demeuraient ensemble à Florence et n'étaient mariés ni l'un ni l'autre. Je ne lui avais pas dit pourquoi je lui demandais ces renseignements ; cependant, il croyait devoir y ajouter le conseil de ne pas revenir en Italie : le genre de vie et le caractère des deux jeunes gens lui faisaient croire qu'ils n'avaient pas désarmé contre tout ce qui portait le nom de Calegari.

« La fille d'Ormanni surtout l'inquiétait. Il savait par ses amis de Florence qu'elle avait refusé plusieurs partis, sans doute pour mieux se consacrer à ses projets de vengeance, vestale de la haine, enfermée dans son vœu.

« Dès lors, je ne pouvais plus avoir de doute ; c'était bien elle qui avait écrit la lettre diabolique... Comment avait-elle su notre adresse ? Je supposais qu'elle et son frère devaient faire partie d'une de ces sociétés secrètes qui pullulent au pays de la Mafia et de la Camorra et entretiennent au loin des intelligences. En tout cas, le mieux pour nous était de partir, de dépister cette haine qui nous donnait la chasse.

« Alors a commencé cette vie errante que nous menons à deux, depuis des années. Nous nous sommes condamnées à n'avoir plus de foyer, ne demandant notre sécurité qu'à un changeant exil. Longtemps j'espérai que j'arriverais ainsi à dépayser l'imagination d'Edna, à lui faire oublier l'horreur du passé et l'épouvante de l'avenir. Parfois, j'ai cru y réussir ; des semaines se sont écoulées sans qu'elle parût songer à la menace effroyable ; puis, tout à coup, l'idée fixe, l'idée atroce de la mort imprévue, pareille à celle qui nous avait frôlés en Sicile, surgissait de sa gaieté, de sa joie, de son insouciance momentanée. C'est ainsi que vous l'avez vue vous-même pâlir à l'instant où elle venait de se livrer à quelque enfantillage et de débiter mille folies, comme si son rire avait appelé un spectre... Oh ! oui, monsieur Valmer, aimez-la, ma pauvre petite fille ! Aimez-la bien, et qu'elle vous aime assez pour oublier tout !... Sans cela !... La haine et la démence la guettent toutes les deux... Eh bien, ce n'est pas de la haine que j'ai le plus peur. »

Elle se tut. Valmer demeura quelques instants sans pouvoir rompre ce silence par un mot d'espoir et de consolation. La pitié profonde qu'il ressentait lui ôtait la parole.

Quelle destinée, en vérité, que celle de ces deux femmes ! Quel mystère elles promenaient ainsi à travers le monde ! Elles passaient de climat en climat, sillonnant l'Europe, effleurant les sites de rêves et les capitales illustres, s'arrêtant quelques semaines dans les édens à la mode, pour repartir sitôt qu'on les y croyait fixées. On les eût prises pour des blasées, lasses à l'avance de tout et pourtant toujours inquiètes, condamnées au vagabondage éternel des oisives. Et, en réalité, c'étaient de pauvres créatures en fuite.

Sur les plages mondaines, dans les caravansérails luxueux de la Suisse et du Tyrol, ici même sous les arches frémissantes de la forêt, elles fuyaient les menaces de l'ombre et leurs propres âmes apeurées.

Quelle lutte que celle de la jeune fille, se débattant contre sa destinée, essayant de s'arracher aux mornes suggestions de la peur, et n'y arrivant parfois que pour retomber plus affreusement sous le joug de la pensée implacable ! A deux minutes d'intervalle, elle s'enivrait des promesses de la vie et elle désespérait de vivre. Et cette mère anxieuse, qui se penchait sur cette âme, où elle voyait monter quelquefois des vapeurs de la folie !

Cela durait depuis des années.

Mais cela finirait, puisqu'il intervenait, lui, avec son énergie et sa tendresse d'homme, pour délivrer la victime du péril masqué qui rôdait autour d'elle. Un rayon d'amour allait chasser loin tous les spectres.

Il se sentit le cœur inondé de confiance, et se tournant vers Mme Calegari :

— Tout cela n'est qu'un cauchemar, dit-il. C'est fini, à présent. Edna m'aime : elle cessera bientôt de craindre. Les brouillards sinistres qui lui cachent la vie vont s'éclaircir, et ce sera le grand soleil. Tenez, comme autour de nous en ce moment.

D'un geste large, il désigna les pelouses, les feuilles, les parterres criblés d'une averse d'or.

Et Mme Calegari parvint à sourire.

***

Creusée au sommet de la falaise, la grotte de Circé domine le Cirque-des-Demoiselles : du bord de l'antre, on aperçoit tout le chaos de rochers et de verdures, et les blocs géants qui, là-haut, le hérissent, mordant de leurs arêtes vives le bleu du ciel. Le site abrupt et paisible, qui semble repousser les hommes par l'aspérité de ses abords, est un de ces endroits que la nature se réserve afin de se recueillir et de s'absorber dans son immense songe sans but et sans fin. Nulle part ailleurs, la solitude n'est plus secrète. A eux seuls, les noms des chemins qui mènent à ce haut lieu évoquent un roman d'amour, dont les épisodes ne nous seraient connus que par leurs titres et dont nous pourrions rêver le texte : c'est la route de Vénus et celle des attraits, celles de la Beauté, de la Séduction, du Bonheur, de la Chimère, des Embrassades et des Adieux. Il plane une sorte de fantasmagorie amoureuse sur ce Rocher-des-Demoiselles, où se dresse le petit temple de Cythère.

Dans la grotte de Circé, sur un des bancs naturels dont elle est pourvue, Edna et Jean sont assis : c'est leur première promenade de fiancés. Valmer avait raison : les brumes délétères qui obscurcissaient l'âme de la jeune fille se sont évaporées au souffle de l'amour ; pour elle, la vie rayonne. Ce qui la tuait, c'était de garder pour elle seule ses terreurs : maintenant que Jean sait tout, qu'il l'a pressée sur son cœur en la conjurant de se laisser défendre et consoler par lui, les chimères se sont dissoutes ; la lumière et la joie ont fait invasion dans son existence. C'est comme la ruée du grand jour dans une prison dont la porte tombe.

Sa mère est là, qui surveille les amoureux avec indulgence. Quelques semaines les séparent encore du mariage, à cause des inévitables délais que les formes légales et mondaines leur imposent. Ils ont résolu, par reconnaissance, de les passer dans la chère forêt, car c'est elle, un peu fée — comme toutes les sylves de jadis — qui leur a permis de se connaître et voulut qu'ils s'aimassent, comme au temps où les belles de cour, pendant les loisirs de Fontainebleau, rencontraient sur la route de la Séduction les chevaliers du roi.

« N'est-ce pas, murmure la jeune fille à travers son rêve, nous reviendrons ici... plus tard?... Nous ne l'abandonnerons jamais, notre bien-aimée forêt... »

Ainsi se passent pour eux les délais du bonheur, qui sont déjà du bonheur eux-mêmes. Ils promènent à travers les taillis et les futaies leur rêve d'amour. Dans sa splendeur virginale, le Lac-Vert leur est un nouveau paradis terrestre, aussi frais que leur jeune extase. Franchard leur ouvre sa vallée sublime, sur laquelle la pensée plane, avec la même ivresse qui saisit les oiseaux de proie tournoyant au-dessus de ses profondeurs. La Gorge-aux-Loups multiplie autour d'eux ses enchantements, et ils se sentent devenir un peu des personnages de légende dans cette forêt de contes de fées, où les rochers et les arbres ont l'air d'emprisonner les génies de Perrault. Divine correspondance entre deux choses éternelles : la féerie de la nature accompagne la féerie de l'amour

DEUXIÈME PARTIE

I

La maison d'aspect sombre, avec sa façade grisâtre, est située au bout de Florence, près de la Porte-Romaine, et, de ses fenêtres, on aperçoit les collines de Fiesole, vision céleste dont s'emparadise la mélancolie de la cité étrusque. Le salon du rez-de-chaussée, vide pour le moment, est meublé avec parcimonie, mais non sans style : des chaises sculptées, des bronzes, un coffre de mariage à l'ancienne, quelques ivoires. On sent, à je ne sais quelle harmonie entre toutes ces choses, qu'elles sont depuis longtemps dans la famille ; elles ont reçu la marque de leurs possesseurs. Ce ne sont point là des bibelots réunis au hasard du caprice. On dirait que les maîtres du logis n'y ont rien innové : indifférence ou économie — ou peut-être respect superstitieux pour l'antique décor dans lequel ils ont dû naître. Un seul objet, dans cette pièce, paraît moderne et vivant : c'est un portrait.

Dans le cadre, fouillé avec cette fantaisie d'ornementation un peu excessive, mais si charmante, des ciseleurs italiens, une femme sourit, d'un air de grâce coquette. La peinture, traitée, elle aussi, avec une virtuosité trop apparente, n'en est pas moins agréable par le mouvement, la légèreté et la vie : elle ne semble pas seulement respirer, mais bouger. Du visage, des bras nus, de la taille libre, une grande séduction émane. On reconnaît sans hésitation un modèle florentin, au caractère de cette beauté fine et alerte, à cette *snellezza* traditionnelle, et aussi à l'expression ingénue des yeux, à la tendresse tempérée de malice qui fait le mystère du sourire. Comme pour ressembler davantage à la *Primavera* de Botticelli, la jeune femme porte sur sa toilette de soirée un collier de roses, et elle a des roses encore dans le pli de sa robe que, de sa main frêle, elle arrange en corbeille. La toile la montre jusqu'à mi-corps ; des feuillages retombent de chaque côté de sa tête ; on aperçoit, dans le fond, la fuite blanche des balustres d'une terrasse.

Ce portrait représente Beatrice Ormanni, dans son costume du bal masqué où elle parut en fioramye, chez le syndic de Florence. C'était peu de temps avant qu'elle fût tuée par Demetrio Calegari, dans un accès de passion et de démence.

Ce fut comme une aventure de la Renaissance italienne : frivole au début, funèbre au dénouement. Le banquier grec et la jeune femme de l'avocat florentin se rencontrèrent dans cette fête ; la nature de Demetrio Calegari était ardente, enthousiaste, encore un peu sauvage, malgré les raffinements de l'éducation ; celle de Beatrice Ormanni, portée à la coquetterie, d'autant plus audacieuse qu'elle était plus sûre d'elle-même, par honnêteté d'abord, et aussi par orgueil, et par une certaine froideur pour tout autre que son mari. Même s'il n'eût pas été son époux, Filippo Ormanni aurait été le seul homme qu'elle pût aimer : elle l'avait épousé par amour. Jusque dans sa coquetterie, qu'on pouvait parfois trouver osée, ce sentiment intervenait. Beaucoup de femmes, d'ailleurs irréprochables, ne sont pas insensibles au plaisir pervers de faire des victimes ; mais elle, quand elle se donnait cette satisfaction, c'était en quelque sorte pour faire honneur à Ormanni des désespoirs qu'elle avait causés. Elle lui disait dans sa pensée : « Ce cœur que tous se disputent, et qu'il me plaît de laisser croire indépendant, je te le garde, et je te le rapporte, toujours rempli de toi seul, après tant d'aventures où il n'a pas daigné prendre part. » Ormanni la devinait sans qu'elle se fût jamais expliquée, et, sûr d'être seul aimé, il jouissait des triomphes qu'elle remportait sans danger sur les autres ; il y savourait une volupté assez rare d'orgueil et d'ironie.

Mais elle eut tort de jouer ce jeu avec Demetrio Calegari. Cet homme, d'une droiture absolue et d'une délicatesse presque exagérée en matière de sentiment, avait hérité de ses ancêtres à demi orientaux, vagabonds et farouches, une violence cachée qu'il ne soupçonnait pas lui-même. La comédie dont Béatrice s'amusait l'affola ; après un mois de ce manège auquel il ne comprenait rien, il en vint à ne plus se connaître. Décidé à en finir, il lui demanda un rendez-vous, qui lui fut accordé. Il y alla, la fureur et la mort dans l'âme, prêt à tout : il était armé, résolu à se tuer chez elle, si elle persistait dans ses refus. Au lieu de se montrer froide et sévère, ce qui l'eût dompté sans doute, elle eut l'imprudence de le railler. Une folie s'empara de lui, en entendant ce rire de femme au milieu de sa torture. Et ce fut sur elle qu'il tira.

Elle mourut avant d'avoir vu le danger. Quand la balle du revolver lui traversa le cœur, elle avait encore ce même sourire de triomphe intérieur, d'orgueil naïf et d'indifférence : le sourire de son portrait. Car, aujourd'hui encore, dans le logis que sa mémoire endeuillait pour toujours, où le devoir amer de la venger avait accaparé trois existences, son image la montrait seule gaie, insouciante, heureuse.

La porte s'ouvrit. Une femme entra, vêtue de noir, forme rigide, visage douloureux et dur, d'où la beauté s'était peu à peu retirée avant trente ans. Sous les sourcils trop épais, luisaient les yeux magnétiques, d'un éclat presque minéral, des yeux qui ne pouvaient plus jamais pleurer. Leur regard faisait songer aux prunelles de jais enchâssées dans les orbites de certaines statues barbares. La tyrannie de l'idée fixe avait pétrifié les traits, qui avaient eu jadis la grâce un peu anguleuse des profils florentins et qui s'accusaient, maintenant, implacables. La vie avait sculpté à nouveau ces linéaments comme ossifiés.

La pâle créature paraissait sans sexe. Ni l'amour ni la maternité ne l'avaient épanouie. L'esprit, en elle, avait tué la chair. Elle aurait ressemblé à une religieuse s'il y avait eu sur sa physionomie quelque reflet de la douceur chrétienne.

Elle traversa la pièce d'un pas ferme, et elle alla s'asseoir à un petit bureau. Elle se mit à écrire posément, alignant des chiffres. C'était la dépense de la maison, qu'elle était en train d'établir.

Paola Ormanni, la farouche fille qui avait refusé le mariage pour être plus libre de se consacrer à la vengeance que rêvait sa piété cruelle, redevenait, dès qu'il le fallait, une excellente ménagère. Par un trait qui était bien de sa race, elle alliait le souci des réalités positives à la passion la plus obsédante de toutes : celle de la haine. La chimère impitoyable à laquelle elle s'était sacrifiée la laissait ordonnée et d'une sagesse méticuleuse dans le détail de la vie. Ce contraste se rencontre assez ordinairement chez les pires fanatiques : ceux qui gardent leur sang-froid.

Paola Ormanni.

Brusquement, elle releva la tête ; son frère Ugo venait d'entrer.

Il était plus jeune qu'elle, et plus beau. Il avait aussi une expression bien différente, cet air de fierté et de bataille que Donatello imprime à ses figures juvéniles. La nature l'avait formé en vue d'une destinée heureuse, pour le désir et pour l'audace. Tout ce qu'il avait dû refouler en lui de convoitise et d'énergie brillait parfois dans un regard inquiet, qui s'assombrissait vite. L'esprit, le cœur, la chair, tout en lui aspirait à la vie. Combien il ressemblait peu à sa sœur, cloîtrée dans sa lugubre fidélité à la vengeance et à la mort ! C'était elle, l'aînée, qui le forçait à partager sa solitude, à vivre comme elle, sans quitter le deuil, jusqu'à ce que justice fût faite.

— Eh bien? interrogea-t-elle dès qu'il se fut approché.

Il haussa les épaules.

— Toujours rien.

— Comment? Attilio n'a pas encore de nouvelles? Pas même une piste, une indication quelconque depuis six mois?

— Rien du tout. On *les* a vues à Nice, à Lucerne, à Paris, puis de nouveau à Nice, l'année dernière. Mais, maintenant, on a perdu tout à fait leur trace. Pour moi, c'est fini, bien fini. Cette *mafia*, la *mafia* des riches, la *mafia* en gants jaunes, comme ils disent, quelle plaisanterie !

Et, d'un geste énervé, il jeta son chapeau sur le meuble derrière lequel Paola s'était dressée, le regardant.

Elle lisait dans sa pensée. Son frère commençait à se désintéresser peu à peu de la tâche redoutable qui la passionnait toujours, elle, et qui était son unique raison de vivre. Il se lassait. Sa jeunesse se révoltait contre l'affreux devoir qui le retenait prisonnier, qui se dressait entre lui et le reste du monde, qui lui défendait l'action, la joie, l'amour. Elle fut sur le point de l'apostropher durement, de lui crier qu'un tel égoïsme était lâche et sacrilège, qu'il y a des héritages auxquels on ne renonce pas sans impiété, et que la vengeance sainte est de ceux-là. Mais elle fit réflexion sur les faiblesses de cet âge, qu'elle avait connues elle aussi, et cette pensée l'amena à un retour mélancolique sur elle-même. Elle se rappela qu'elle n'avait pas toujours possédé ce stoïcisme absolu, derrière lequel maintenant elle se retranchait, et qu'il lui avait fallu combattre la femme en elle pour n'être plus que l'héroïne du fanatisme filial. Un léger attendrissement la gagna et l'apitoya en faveur de ce frère, qui avait à soutenir à présent les mêmes luttes. Plus dures même, car la résignation est moins facile à l'homme qu'à la femme, qui en a fait, dès avant sa naissance et dans les existences antérieures de ses aïeules, un séculaire apprentissage.

— Mon pauvre Ugo, dit-elle de sa voix grave, atténuée par l'émotion, va, je et

devine. Tu te décourages, et tu te dis qu'il est bien dur de ne pas vivre sa vie pour faire son devoir envers les morts. Je ne peux pas te blâmer : un instant j'ai été comme toi... Oui, cela t'étonne, je le comprends. Je n'ai plus rien d'une femme, n'est-ce pas? Je n'ai plus de cœur... Crois-tu, mon pauvre enfant, que je sois devenue ainsi naturellement, sans effort? Écoute, je vais te dire quelque chose que tu n'as jamais su.

Et elle se rapprocha de lui ; elle lui posa la main sur l'épaule. Elle continua, sa tête contre la sienne :

— Notre ancien ami, Enrico, qui a quitté Florence et qui est allé se marier à Naples d'où il n'est jamais revenu... il m'aimait... Il a voulu m'épouser. Il savait pourtant ce que j'avais en tête, ce que j'étais prête à oser pour venger notre pauvre mère. Cela ne l'avait pas effrayé. Il était allé jusqu'à m'offrir de m'y aider. Je n'ai pas voulu... et je l'aimais... Mais je me suis dit que si je cédais à ce sentiment-là je serais moins forte pour agir quand *le moment* serait venu. Et j'ai songé aussi qu'il ne fallait pas permettre qu'un étranger prît ta place pour cette besogne-là. Alors, je l'ai refusé, lui comme les autres. Tu vois que, moi aussi, j'ai sacrifié quelque chose... Allons, Ugo, courage ! »

Le jeune homme serra sa main sans lui répondre.

— Nous ne sommes pas les seuls, va. Dans ce pays, personne n'est assez lâche pour renoncer à une vengeance légitime, surtout quand il s'agit de venger sa mère. On ne s'inquiète guère de ce qui peut arriver après. Tous les jours, il y a des gens qui s'immolent à cela, eux, leurs biens, leurs vies, et toutes les joies qu'ils auraient pu attendre en ce monde — comme nous le faisons. On y est tellement habitué que c'est à peine si les journaux en parlent.

Sa voix changea et devint âpre tout à coup.

— Les journaux ! ils ont assez parlé de nous dans le temps, au moment du crime. Il y en a qui ont osé dire, à propos de notre mère et de ce misérable Calegari, des choses... C'est cela aussi qu'il faut venger... les calomnies, les infamies qui ont suivi l'assassinat. Il faut que quelqu'un expie tout ensemble. Tout. Le martyre de notre père, qui est mort de n'avoir pu faire justice, pendant que lui, l'assassin, il était heureux dans son ménage avec cette Anglaise, cette folle, qui s'était éprise de lui, justement à cause du meurtre...

Car le sang de notre mère lui a porté bonheur à ce monstre ! .

— C'est vrai, dit Ugo, frémissant.

— Tu ne l'as pas connue, toi, continua-t-elle sur un ton plus douloureux. Tu étais trop jeune. Si tu savais comme elle nous a aimés !... Ce portrait où elle est si jolie ne dit pas tout d'elle. Il ne dit pas ce qu'elle était pour nous... C'est vrai que le monde lui plaisait. C'était trop naturel. Avec sa beauté, elle y triomphait chaque fois qu'elle y paraissait. Mais comme tout cela lui importait peu dès qu'il s'agissait de nous ! Souvent, au moment de partir pour un bal, coiffée, parée, éblouissante, si l'un de nous avait la plus légère indisposition, s'il pleurait seulement, je l'ai vue renoncer tout de suite, sans un regret, au plaisir qui l'attendait, et rester. Elle enlevait bien vite son manteau de reine, elle jetait son collier et ses bracelets sur la table, elle remettait un corsage simple et elle s'installait auprès de notre petit lit. Elle ne s'en allait pas que nous ne fussions endormis ou consolés. Tant pis s'il était trop tard pour se rendre à la soirée !... Regarde-la, Ugo, notre mère, comme elle était belle... Tiens, sur sa poitrine, à l'endroit juste où il y a ce bouquet de roses pâles... C'est là qu'a frappé la balle du revolver.

Ugo obéissait, il regardait, fasciné par l'image souriante de la morte. Il ne se rappelait rien d'elle : quand la tragédie avait éclaté, il était encore au berceau. Mais la beauté de cette mère inconnue, sa mort horrible, la loi de la venger dominant toutes les contingences de la vie, formaient la légende de pitié et d'horreur qui avait enveloppé son enfance ; elle se confondait avec les premières impressions de l'existence et les premières notions du monde. C'est en réfléchissant à ces choses qu'il avait appris à penser. Elles lui étaient tellement intimes et présentes que, parfois, il doutait s'il n'avait point connu cette mère assassinée dans le triomphe de sa grâce et s'il n'avait point reçu le sang de la blessure ouverte dans cette poitrine sacrée.

Tandis qu'il considérait l'image gracieuse — et funèbre, Paola attachait ses yeux sur lui. Elle le couvait de son regard ; elle appesantissait sur le jeune homme le magnétisme d'une volonté supérieure, à laquelle rien ni personne autour d'elle ne résistait. Depuis qu'il était sur terre, elle avait travaillé à fanatiser cet être ; farouche éducatrice, elle l'avait rendu presque semblable à elle-même :

en ce moment encore, elle venait de le disputer aux suggestions du monde, aux sollicitations de sa jeunesse, et elle sentait qu'elle était en train de le reconquérir.

— C'est toi, Ugo, continua-t-elle, c'est toi maintenant qui dois apaiser la pauvre âme. Songe à toutes les offenses qu'elle a reçues. D'abord, l'attentat atroce, puis les infamies qui ont paru dans les journaux... Le procès, l'avocat de ce Calegari avec sa parole empoisonnée, ses insinuations immondes cachées sous le mensonge du respect... L'acquittement du misérable, la comédie de son internement dans une maison de santé bien confortable... Il aurait dû mourir à la longue, dans un de ces cachots où l'on ne peut pas dormir, à cause des geôliers qui marchent jour et nuit au-dessus de votre tête, de leur lanterne brusquement braquée sur vous devant le soupirail pour vous aveugler, de leur voix rude qui vous appelle au moment où vous alliez peut-être fermer les yeux. Voilà ce qu'il méritait, lui... Au lieu de cela, on l'a relâché presque tout de suite. On l'a plaint. On l'a admiré. On l'a aimé. Il a été très heureux.

Elle continua d'une voix sourde :

— En Sicile, nous le tenions. C'était l'occasion unique. Le pays, les circonstances, tout nous favorisait. Dieu l'a fait échapper. Dieu n'est pas juste. En le sauvant, il a condamné notre père...Ceci, tu te le rappelles. Il n'y a pas si longtemps ! L'agonie de cet homme qui avait vu sa meilleure chance lui échapper des mains, sa vengeance perdue ! Cela a duré des années. Crois-tu donc, Ugo, que nous avons sujet de les venger tous les deux? Elle et lui... Et nous, ne sommes-nous pas aussi des victimes? Nous qui avons grandi dans une maison sans joie, auprès d'un foyer détruit !...

— Oui, tu as raison, nous sommes aussi des victimes, répéta Ugo d'un ton sombre.

La haine de Paola était ingénieuse ; elle savait tirer parti même des défaillances fraternelles.

Ugo ne discutait pas avec son farouche devoir : l'hérédité, l'éducation, l'exemple, tout l'obligeait à l'admettre. Mais la tentation lui venait de s'y dérober, quand il songeait qu'à poursuivre une tâche presque impossible il manquait sa vie. Paola exploitait jusqu'à cette révolte, au profit de la vengeance future. Quand le jeune homme maudissait l'existence misérable à laquelle elle l'avait condamné aussi bien qu'elle-même, elle la lui présentait comme une conséquence nécessaire du crime de Calegari, encore inexpié. Elle lui donnait ainsi un nouveau motif de le haïr davantage, lui et sa descendance : c'était même le plus efficace, puisque c'était le plus personnel.

Aux yeux d'Ugo, l'homme qui avait tué sa mère était aussi responsable de sa propre destinée malheureuse à jamais. Comment lui eût-il pardonné? Calegari était mort? N'importe : il laissait derrière lui *quelqu'un* à qui l'on pouvait demander compte de tout cela, *quelqu'un* qui avait hérité de sa dette formidable et qui devait l'acquitter. Que signifiait, en pareil cas, l'innocence de celle qui venait à prendre sa place? Pour la vendetta florentine ou corse, la filiation et le nom reçu du criminel font renaître le crime chez l'enfant innocent.

Enfin, Ugo était redevenu tel que sa sœur le voulait. Elle triomphait dans l'exaltation de sa haine, comme le jour où elle avait écrit à Edna Calegari la lettre atroce qui devait lui empoisonner la vie en attendant la mort annoncée. Son âme se déchaînait dans une jouissance sauvage. En vérité, nulle n'avait su haïr de cette façon-là, depuis l'époque où l'on poursuivait une vengeance, non pas seulement de génération en génération, mais de siècle en siècle. *Vendetta di cento anni tiene lattajuoli*, disait le proverbe toscan, qui n'est pas prescrit encore.

Paola regardait son frère. Il avait relevé la tête, ses narines frémissaient, ses lèvres sinueuses s'entr'ouvraient sur la blancheur des dents. Ainsi, il ressemblait plus complètement encore à ces guerriers adolescents de Donatello, élégants et féroces, maigres et musclés comme les louveteaux de la louve romaine. Elle lui sentait, en ce moment, le cœur de sa race ; il avait bien l'air de volonté et de cruauté qu'elle lui souhaitait ; il était tout à fait son frère. Elle l'admira. Mieux, elle l'aima de le trouver impitoyable et fort : un vrai justicier, un vengeur qui ne faillirait point à son attente.

Enfin, il parla :

— Il faut en finir. J'en ai assez des vaines promesses d'Attilio et de ses temporisations. Voici des années qu'il nous traîne. Il devait mettre à mon service toutes les forces de l'association, et, depuis que ces deux femmes ont quitté l'Irlande, il ne m'a rien donné, que quelques vagues renseignements qui arrivaient toujours trop tard pour qu'on pût les joindre... Oui, j'en ai assez !

— Que veux-tu faire?

— Je vais retourner chez lui, le mettre en demeure d'agir. S'il lui faut plus d'argent encore, je lui en donnerai, mais qu'il en finisse.

— As-tu une idée, toi?

— Attends... Oui, il m'a parlé de deux agents extraordinaires, en qui il a toute confiance. Deux Maltais, un homme et une femme. Ils ont fait tous les métiers et parlent toutes les langues, comme la plupart de leurs compatriotes. Ils ne seraient dépaysés nulle part, en Europe. Je lui dirai de les mettre en campagne sans retard. Seulement, où les envoyer d'abord? La piste est perdue, maintenant. »

Paola réfléchit un instant et répondit d'une voix posée, comme si elle eût dégagé la solution de quelque problème abstrait :

— Qu'ils aillent d'abord en Irlande. La veuve a sans doute conservé des biens ; ils iront trouver le régisseur ou le fermier, sous prétexte de quelque affaire, et, s'ils sont aussi intelligents que l'affirme Attilio, ils n'auront pas de peine à tirer un bon renseignement de la conversation.

Après un court silence, elle ajouta :

— Ce sera probablement très cher.

— Avons-nous encore assez de ressources? demanda Ugo, qui s'en rapportait à elle pour toutes les choses de la vie matérielle.

De son même ton paisible, elle répondit :

— Ma dot a disparu, avec une partie de notre fortune immobilière. Nous pourrions nous défaire de la villa ; la ferme de Montepulciano se vendrait assez bien : la dernière récolte d'olives a été excellente.

Elle s'entendait à l'administration des biens rustiques, comme ses aïeules les patriciennes, qui, par l'étroite ouverture grillagée que l'on voit encore au rez-de-chaussée de leurs palazzi, vendaient aux plébéiens le vin et l'huile de leurs domaines.

Aussi simplement, elle continua :

— S'il le fallait, nous sacrifierions le collier de notre mère ; puisque ce serait pour elle, elle nous pardonnerait.

Gravement, tous deux se turent. Pour la première fois depuis bien longtemps, leurs âmes se sentaient parfaitement d'accord, unies dans la même pensée de piété atroce. De se trouver si conformes à l'esprit de leur race, ils se trouvaient aussi plus sincèrement frère et sœur. Ils s'attendrirent à cette pensée. Pendant une longue minute, ils s'aimèrent comme ils ne s'étaient jamais aimés. Non pas seulement dans leur affection mutuelle, mais dans la religion du nom, de la famille et de l'implacable honneur, qui transfigurait leurs sentiments. La haine même s'épura et fit place à une exaltation presque mystique, comme si la férocité de leurs instincts eût rayonné tout à coup en héroïsme.

Qui jugera les consciences? Qui se chargera d'apprécier les sentiments humains et d'évaluer, dans leur alliage, la part du sublime et celle de l'atroce? Qui saura se reconnaître parmi leurs complexités et leurs contradictions? Il y avait dans ces deux âmes fauves comme une espèce de vertu épouvantable. Et déjà, au temps de Dante, on appelait *piété* la vengeance héréditaire consommée sur des innocents : il l'a nommée ainsi lui-même. Six siècles n'ont pu changer une ville ni une idée.

II

Les courses de Goodwood avaient eu lieu ; la saison finie, Londres, d'un seul coup, se dépeuplait. Quelques rares familles aristocratiques restaient encore fidèles, pour peu de jours, à ces maisons basses de Grosvenor, ornées d'un attique et défendues par un fossé, dont la seule vue révèle instantanément au plus frivole Parisien quel abîme sépare la vie anglaise de la nôtre. Rien ne ressemble moins que ce noble quartier au bruyant boulevard ou même aux voies les plus seigneuriales et les plus provinciales de notre ville.

Le « Right Honourable » Warren Williams et sa femme figuraient parmi les retardataires. Non pas qu'ils fussent retenus par le confort, pourtant délicieux, de leur pavillon blanc, encadré de verdures claires : libres, ils auraient eu hâte de regagner au plus vite leur résidence d'été à Richmond, tout près du parc et du fleuve royal, dont la beauté fait le double enchantement du paysage. Mais ils ne voulaient pas quitter Londres avant le départ de leur petite-nièce Edna, qui terminait près d'eux son voyage de noces en Angleterre.

En ce moment, le dîner s'achevait dans la salle aux belles boiseries un peu sombres, qui se découpaient vigoureusement sur les tons fondus du plafond. Le décor était plus riche et plus grave qu'il n'est chez nous d'ordinaire dans les pièces où l'on mange : c'était peut-être parce qu'à Londres l'action de prendre en commun ses repas, étant considérée comme une des manifestations de la vie de famille, ne va pas sans quelque solennité. Aux murailles abondaient les portraits d'ancêtres, mais d'ancêtres jeunes, pour la plupart, vaillants, souriants et charmants, dans des armures du temps de Charles II, avec des cascades de dentelles et des miroitements de cuirasses comme en montrent les figures de Van Dyck. L'ensemble de la pièce avait l'air opulent et tranquille par quoi se décèlent la richesse longuement, héréditairement possédée, la fierté sans arrogance du nom indiscuté, toute une aristocratie solide et vénérable, trop prouvée pour être tentée de s'en faire accroire. Ces intérieurs anglais racontent la vie d'un monde social plutôt que d'une famille : Il en rayonne de la sécurité, de la dignité, on dirait presque de la perpétuité.

L'impression se précisait à regarder les maîtres du logis : l'atmosphère sereine qu'on

Pendant la traversée, Edna et Jean s'accoudaient aux bastingages.

y respirait semblait émaner d'eux, du visage soigneusement rasé de M. Williams et de ses yeux clairs comme ceux d'un enfant, du sourire de Mme Williams et de ses cheveux blancs, infiniment doux, autour d'une figure toujours fraîche. Ils avaient, ces deux vieillards, l'harmonie des traits, de l'expression et du type qui fait dire de certaines physionomies, composées à souhait par la nature comme par un peintre, qu'elles ressemblaient à des portraits. L'observation artistique de Valmer s'amusait à ces remarques, lorsque, par moments, son regard se détachait de sa jeune femme, placée en face de lui.

Quant à Edna, elle s'abandonnait délicieusement et sans plus réfléchir à l'action reposante de cet intérieur, tout éclairé par une tendresse hospitalière. Elle y savourait un engourdissement qui succédait au songe de l'amour et qui était du bonheur encore — celui que l'on goûte le mieux aux heures de divine lassitude, où l'on daigne tout juste prendre la peine d'être heureux.

M. Williams l'interpella doucement, comme elle se taisait :

— Eh bien, Edna, vous voyez les anges? *How now, Edna, do you see the angels ?*

Elle répondit avec un faible sourire :

— Il fait si bon vivre, ici !

C'est ce qu'aurait pensé immédiatement un étranger admis dans cet intérieur où tout était lumineux, grave et doux. Mais Edna avait des raisons pour en goûter la paix mieux qu'une autre : elle n'était pas blasée encore sur la joie de la parfaite sécurité, bien-être moral aussi moelleux que le bien-être physique. Tout son être, longtemps contracté par l'angoisse, s'y étirait comme dans un bain de soleil. Sa mère la regardait s'épanouir, indiciblement heureuse et attendrie. Valmer et les vieux parents la contemplaient de même ; ils semblaient la remercier du bonheur qu'elle voulait bien prendre.

Pendant une minute personne ne parla, de peur de réveiller quelque spectre jaloux d'autrefois. L'heure sembla planer un instant immobile, arrêtée comme un oiseau sur ses ailes d'or, toutes grandes étendues. La rue elle-même avait étouffé tous ses bruits ; rien ne bougea, qu'un poudroiement d'atomes dans la nappe oblique de lumière qui traversait la chambre, où le ciel de juillet émiettait sa clarté.

Aucune des cinq personnes présentes n'osait prononcer le moindre mot qui aurait rompu le charme, mais leurs âmes se communiquaient sans parole, dans une de ces ententes inexplicables qui s'établissent, à des moments exceptionnels, entre les hommes qu'une parfaite sympathie rapproche. Rien n'est plus rare ni plus émouvant que cette pénétration réciproque des sensibilités et des intelligences ; elle nous fait concevoir ce que pourrait être une conversation entre de purs esprits : quelque chose comme le rayonnement de plusieurs miroirs qui se renvoient mutuellement une même image.

Le miracle se réalisait en cet instant pour les cinq convives réunis dans la maison blanche de Grosvenor-Place. Ils pensaient tous la même chose : « C'en est fini des agitations, des craintes et des fantômes embusqués à tous les coins de la vie ; le monde est sûr, la destinée est sereine. » Et, parce qu'ils savaient qu'elle leur était commune, ils sentaient mieux la douceur de cette pensée.

Le surlendemain, le bateau, qui partait de Newhaven à une heure matinale, emportait vers Dieppe, parmi ses passagers, Valmer et sa jeune femme. Les nouveaux mariés rentraient en France ; M. et Mme Williams avaient retenu près d'eux Mme Calegari, qui devait passer le reste de l'été dans leur villa de Richmond.

Edna réalisait son doux caprice de fiancée ; sur son désir, on allait s'installer près de la chère forêt, en quelque retraite bien cachée, pour y rester jusqu'à la fin de l'automne, quand les derniers jours d'octobre font de l'immense lac vert une nappe féerique où flambe l'incendie des soleils couchants. Elle l'avait exigé, d'abord par une espèce de dévotion pour ce coin de terre où sa vie s'était transfigurée, comme elle aurait voulu s'acquitter d'un vœu de pèlerinage à quelque lieu consacré. Puis elle souhaitait que le songe de son amour s'achevât dans l'apothéose mélancolique de l'automne, là où il avait commencé, parmi la gloire du printemps.

...Edna et Jean s'accoudent aux bastingages. La traversée est courte et permet tout juste d'avoir l'impression de la haute mer. Le temps est radieux, les flots frissonnent à peine : l'étrave du navire, qui glisse comme une hirondelle, ouvre d'un mouvement doux la surface plane ; elle y creuse de frais remous, pareils à des bouillons de dentelles sur de la moire. Le ciel et l'océan sont une même fluidité tremblante et azurée, que font palpiter les rayons et les brises, que traversent les oiseaux et les barques : on ne distingue pas les voiles des ailes. Les deux infinis se doublent, se reflètent et, finalement, se confondent. L'univers n'est plus qu'un immense joyau transparent qui scintille. Le paysage maritime est si profond et si vague que l'extase humaine peut s'y précipiter, s'y noyer et s'y dissoudre.

Edna a tourné la tête du côté de Jean : le long voile qu'elle porte, ainsi qu'au jour de leur première rencontre, déployé par la brise marine comme un drapeau, effleure le visage du jeune homme, l'enveloppe d'un nuage blanc et parfumé.

— Jean ! dit-elle.

— Quoi, chérie?

— S'il ne finissait pas, ce voyage !... Si nous n'arrivions jamais... quel bonheur !

Les autres passagers semblent éprouver de même les molles délices du rêve et l'attirance des horizons magnétiques. La jeune miss, qui lisait un roman de quinze cents pages, a relevé de dessus son livre ses beaux yeux dessinés par Burne-Jones, où flotte encore la mélancolie de sa lecture ; ils s'emplissent maintenant d'une méditation lumineuse devant les calmes splendeurs épanouies autour d'elle. Deux Parisiens loquaces viennent d'interrompre une histoire de boulevard pour rendre spontanément à la beauté naturelle, qui les touche malgré eux, ce suprême hommage : le silence. Un clergyman, qu'on devine gonflé de citations bibliques, se tient également muet, en contemplation devant l'infini, dont le souffle soulève les basques de sa redingote. « Le Seigneur est admirable, dit l'Écriture, dans les élans de la mer : *Mirabilis Dominus in elationibus maris.* »

Une ligne pâle comme une traînée de nuages barre au loin le ciel ; elle se précise : ce sont les blanches falaises de Dieppe. Malgré le souhait d'Edna, on arrive : voici la terre. On dirait un décor nouveau qui descend des frises, vers lesquelles l'ancien est remonté. Maintenant que le songe se dissipe, la jeune femme est impatiente de la réalité qui lui succédera, du bonheur intime et caché qui l'attend là-bas, au delà des campagnes normandes, au delà du grand Paris lointain, sous les feuillages de la forêt. Ce bateau n'en finit pas d'évoluer. Enfin, on accoste : voici la galerie de bois qui, du navire, mène au train directement. Edna, qui tout à l'heure berçait délicieusement sa pensée au léger roulis, au rythme trépidant de la machine, est heureuse de sentir le sol ferme à présent sous ses pieds, et immobile : c'est comme si elle prenait possession du bonheur réel et stable, meilleur encore que le bonheur rêvé.

Le couple monte dans un compartiment où, par chance, nul importun ne le suit. De Dieppe à Paris, le voyage est court par les trains maritimes. Mais Jean installe la jeune femme avec autant de soins que s'il s'agissait d'un trajet à travers l'Europe. Elle sourit, d'un sourire d'enfant gâtée, elle s'accommode dans son coin, le buste soutenu par les deux coussins. Elle fait semblant de dormir.

Dans le compartiment voisin est monté un autre couple qui se trouvait en même temps qu'eux sur le bateau. Ce n'est pas au hasard qu'il a choisi le même wagon. A un certain moment, l'homme — un grand brun à moustache dure — se lève, s'approche de la petite glace incrustée dans la cloison et, avec une précautionneuse indiscrétion, regarde.

— Ils sont très gentils tous les deux, dit-il ironiquement à sa compagne, dont on ne peut guère distinguer les traits sous la voilette de voyage.

— Ne te fais pas trop voir, réplique-t-elle. Il ne faut pas qu'ils te reconnaissent.

— Bah ! crois-tu? quand j'aurai coupé ma moustache...

Ils ont échangé ces mots dans un des vagues sabirs en usage sur les ports de l'Orient. L'homme quitte son poste d'observation et se rassied.

Dans l'autre compartiment, Edna ne fait plus semblant de dormir.

Elle se lève :

— Je suis très mal, ainsi, dit-elle.

Ce n'est pas vrai, d'ailleurs ; mais elle est trop loin de Jean. Elle vient s'asseoir à côté de lui, retire son grand chapeau, bien gênant, décidément. Elle se blottit contre son mari, la tête nichée sur son épaule.

— Bonne nuit, monsieur, dit-elle puérile.

Une minute de silence. Le train glisse, comme en rêve.

— Vous ne dormez pas? lui demande Jean qui se penche vers elle.

— Si, répond-elle pour le taquiner.

Mais, en même temps, elle ouvre tout grands ses chers yeux noirs. Alors il la punit en les fermant d'un long baiser.

Toujours presque sans bruit, le train se hâte. Un vrai train d'amoureux et de gens d'affaires : les deux clientèles les plus pressées qui soient. Quelques coups de sifflet, les freins qui grincent, un ralentissement de la course sur les rails : voilà Paris.

On descend. Les malles sont récupérées,

après les formalités tatillonnes par lesquelles le voyageur expie la joie d'arriver enfin. On les juche sur la galerie du fiacre apocalyptique dans lequel monte le concierge de Jean, qui est venu chercher à la gare son principal locataire, dépourvu encore de tout domestique. Valmer et sa femme se sont assis dans une auto de place à caisse rouge, vernissée comme un jouet neuf. Leur âme, que le bonheur refait enfantine, s'amuse de tout, du pêle-mêle de la sortie, de l'ahurissement des provinciaux en détresse sur le trottoir, hélant de loin une voiture réfractaire, et tout à la peur de se faire écraser.

La joie de rouler à travers Paris les enchante. Ils ne s'avisent guère qu'un autre fiacre automobile les suit discrètement, mais obstinément. Ils vont, ravis, en extase devant la grande ville qu'ils redécouvrent, aussi émerveillés que les provinciaux dont ils plaisantaient tout à l'heure. C'est la rue Royale et ses cafés, aux terrasses fleuries de toilettes bizarres, car l'étranger « donne » en ce moment, de sorte que Paris a un peu l'air d'une volière remplie d'oiseaux des îles. Ce sont les Champs-Elysées, dont les arbres n'ont plus déjà que quelques feuilles, pareilles à des découpures de cuivre rouge, toutes déchiquetées sur le bleu du ciel ; mais, au fond, l'arc sublime ferme la perspective, et la splendeur des lignes demeure à l'avenue dépouillée. Le rond-point Marigny est dépassé ; le fiacre automobile tourne à droite, suit la rue du Colisée, stoppe devant une maison qui se distingue des autres par l'élégance et la blancheur plus nette de sa façade. On est arrivé ; Edna et Jean descendent, disparaissent sous la voûte, et l'auto s'envole avec le glissement d'une hirondelle qui rase la terre.

Cependant, la voiture qui les a escortés jusque-là s'est arrêtée en même temps qu'eux, à quelque distance et contre le trottoir opposé. Elle reprend sa marche très lentement ; en passant devant la maison, une figure curieuse se plaque contre la vitre du coupé, baissée par prudence. Des traits durs, une moustache trop épaisse : c'est bien la physionomie de l'homme qui, dans le train de Dieppe, épiait les deux jeunes gens du compartiment voisin.

Le couple prend possession du rez-de-chaussée, ancienne garçonnière de Jean. Il campera là quelques jours, servi par des concierges antiques et dévoués ; puis on vivra à l'hôtel, à Fontainebleau, jusqu'à ce qu'on ait découvert une villa où s'installer définitivement. Les nouveaux mariés sont ravis à l'idée de mener un peu l'existence des oiseaux de passage : ce rien de bohème sied merveilleusement au bonheur de l'amour et transforme la félicité conjugale en une gaie aventure.

Pour commencer, on va déjeuner aujourd'hui dans un restaurant du Bois.

Le temps de secouer la poussière du voyage, de passer une veste de dentelles avec des pampilles amusantes et de coiffer un chapeau qui n'est qu'une touffe de roses mousseuses : on part. Le patriarche de la loge vient d'appeler une auto vagabonde, qui s'est rangée contre le trottoir et trépide et vibre d'impatience, comme ceux qui vont y monter. Bientôt le chapeau rose et la veste à pampilles s'y engouffrent. On dérape, on file entre les feuillages roussis de l'avenue, sous le ciel clair.

Ah ! le joli repas sous les arbres du Bois ! Le lac sinueux et pâle, presque blanc, nappe opaline qui roule des perles et que bordent des pins noirs, minces, immobiles, tels qu'un bosquet sacré ! Il n'y a pas de Puvis de Chavannes qui vaille cela ! Le vent joue avec les vaguelettes, les plumes des cygnes qui voguent en renversant le col et les chevelures mélodieuses des saules qui trempent dans l'eau. Silence, les tziganes ! Laissez-le donc chanter tout seul.

Aussi les convives amoureux s'attardent longuement au Royal. Ils ne voient pas les sorbets fondre dans les verres, comme des petites montagnes de neige parfumée. Les garçons, discrètement, les oublient. Les tziganes ont fini par se taire. Tout le monde a l'air de comprendre qu'il faut les laisser tranquilles. On est dans la seconde quinzaine de juillet : toutes les élégances ont heureusement déserté le Bois. Pas d'autres promeneurs que des rentiers qui viennent lire leur journal sur un banc, à l'ombre. Autour du Pavillon, les gens importants et importuns ne font plus de poussière. Oui, c'est un joli déjeuner sous les arbres.

Trois heures, déjà. Ils se lèvent à regret.

— Si nous marchions un peu ? propose Edna.

Et l'on descend vers Bagatelle, vers l'enclos délicieux de pelouses, de grottes et d'eaux vives, où se dresse toute blanche la *Folie d'Artois*, que venait visiter la Duthé en galant pèlerinage. C'est toujours le rêve qui continue...

Le lendemain et les jours suivants sont pris par les courses aux magasins. On a besoin de tant de choses quand on va partir pour la campagne ! On ne sait pas encore où l'on s'installera, mais il faudra de toute façon s'installer.

Tant qu'il s'agit du mobilier, Valmer a voix au chapitre ; sa jeune femme l'emmène et, parfois même, elle le consulte. Mais pour les emplettes de coquetterie, bien plus importantes, où l'ignorance masculine ne saurait intervenir, il est impitoyablement mis de côté, et on le laisse, pendant de longues heures, se morfondre rue du Colisée, tout seul.

En revenant d'une de ces courses, Edna le trouve tout épanoui.

— Amie, dit-il, vous qui vous préoccupiez tant de la fameuse question des domestiques, je crois que vous allez être contente. Pendant votre absence, j'ai mis la main sur une véritable occasion.

— Vraiment ?

— Oui, un ménage qui s'est présenté chez moi, envoyé par une agence, paraît-il. Et même une fameuse agence, puisqu'elle savait déjà qu'il y avait une place à prendre ici. Le mari est valet de chambre, cuisinier, chauffeur, si on le désire. La femme vous habillera, vous coiffera... Je les ai presque arrêtés, en réservant votre consentement, bien entendu. Je leur ai dit qu'ils recevraient une réponse définitive quand nous saurions exactement où nous nous fixerons. Ce qui m'a décidé, c'est qu'ils ont l'air très au courant du service. Et, avec cela, des certificats !... Mais il faut que ces gens vous plaisent — sans quoi....

— Je suis sûre qu'ils me plairont, répondit Edna, parfaitement indifférente. Tenez, voici une « matinée » que j'ai choisie. Comment la trouvez-vous ? Oh ! ici, cela ne dit rien ; c'est bien trop simple. Il faut voir cela à la campagne. Mais, avec un peu d'imagination, vous vous rendrez compte.

Et elle étale sur le divan une chose soyeuse, mousseuse, vaporeuse, d'une simplicité très relative — exquise d'ailleurs.

— Délicieux ! s'exclame Valmer avec sincérité.

Puis, doucement moqueur :

— Et comme c'est rustique !

Tous deux se mettent à rire.

— *Naughty boy !* dit Edna en l'embrassant.

Ce même soir, la dépêche suivante fut expédiée du bureau de la rue Pierre-Charron à l'adresse d'Ugo Ormanni, à Florence.

Affaire en bonne voie. Recevrez nouvelles prochainement.

SANTERMO.

III

Parti pour une croisière sur les côtes de Norvège, un ami de Valmer lui avait laissé son automobile. Il en profita pour parcourir avec Edna les sites riverains de la forêt, en quête d'un abri assez secret où réfugier leur nouveau bonheur.

Ni Bois-le-Rois, ni Barbizon, ni Marlotte ne leur parurent suffisamment préservés contre l'invasion parisienne. Ils rêvaient d'une félicité tout à fait sauvage. Ils donnèrent l'essor à leur fantaisie et à la machine obéissante qui lui servait d'hippogriffe. Ils goûtèrent la joie de se poser, presque instantanément, à l'endroit choisi par leur caprice du jour, et de s'y fixer pendant de longues heures pour en essayer, tout à leur aise, l'agrément, la beauté, l'atmosphère. Puis, e charme évaporé, ils repartaient ; l'automobile, en quelques bonds, les ramenait à Fontainebleau. Ils se retrouvaient à leur hôtel, un peu las, non de la course brève et légère comme un rêve, mais de tant d'impressions ressenties sur la route.

— C'était charmant, disait l'un.

— Oui, mais ce n'est pas encore cela, répondait l'autre.

En sillonnant ainsi la contrée pour s'arrêter aux étapes de leur choix, ils se donnèrent l'illusion d'avoir habité plusieurs gîtes successifs, et usèrent, en une semaine, plusieurs fantaisies.

Villages, hameaux, bois et plaines, les environs de la forêt lui font une ceinture de paysages aux grâces inexplorées, encore neuves pour la curiosité du touriste. A partir de Temps-Perdu et d'Ury jusqu'aux champs de la Chapelle s'épanouit, à l'époque des moissons, une Cérès opulente et digne des Géorgiques virgiliennes. Le chemin du Vaudoué s'encadre de blocs moussus et de beaux ombrages. Posé comme par gageure sur le bord d'une immense table de grès, devant un abîme qu'emplissent de leurs houles noires des forêts de pins, en face d'horizons vastes comme la mer, Recloses offre aux voyageurs un observatoire d'où la rêverie plane sur tout un monde. Par la brèche que lui ouvre la Redoute de Bourron, le regard, enivré, s'élance vers une étendue qu'il possède tout entière, dans sa diversité magnifique : campagnes largement étalées, bourgs paisibles pointant leurs clochers vers les nuages, masses de verdure dévalant des collines en cascades, lointains dissous en fumées bleues, comme si la terre se fondait dans le ciel. Boissy-aux-Cailles, blotti au pied des roches géantes qui le surplombent de leur menace, semble, dans sa rugueuse pauvreté, quelque hameau de la Suisse. Mais toute la vallée de l'École, fraîche, verte, gazonnée, sourit comme une oasis de pelouses et de feuillages. Non loin, Courances se vante de son château princier : la façade imite le palais de Fontainebleau et son escalier à double rampe ; une rivière espiègle court à travers le parc ; dans les viviers, les truites bondissent et l'étang limpide, que festonne un ourlet de pierre, offre son miroir à la lente nagée des cygnes. Plus bas, vers l'est, c'est Grez, où, parmi les ronces, s'effritent, sous les âpres soleils, des ruines que baptise un nom celtique, la Tour de Gal, mais que le peuple appelle plus volontiers le Donjon de la Reine Blanche. Et les bords du Loing se dessinent sous les arbres, avec la grâce fluide d'un vers de Virgile. Qui ne rêverait de détacher l'une de ces barques de pêcheurs amarrées sous les saules, et de s'en aller, le long de la rivière molle et argentée, au fil du songe ?

Edna et Jean poussèrent jusqu'à Larchant, la bourgade aux étranges vicissitudes, déchue aujourd'hui du rang de cité fortifiée, avec ses cinq portes et ses murs, à celui d'humble village. Les Anglais d'abord, les protestants ensuite, la brûlèrent. L'incendie, la foudre, les cyclones déchaînés sur le plat pays, se sont acharnés contre sa basilique et l'ont ruinée. Mais la puissante église, qui vit venir à elle, à travers les siècles, les pèlerinages de l'Ile-de-France, érige encore, au-dessus des pauvres maisons qui l'environnent, sa tour démantelée. Du plus loin, à travers la plaine, on l'aperçoit, pareille à un grand navire échoué parmi les barques du port : au milieu du village qu'elle écrase, elle semble colossale.

En approchant, l'impression ne diminue pas, au contraire. Elle devient d'une mélancolie plus grandiose et plus âpre. La nef, où tant de générations s'agenouillèrent, n'a conservé que ses quatre murs ; elle a comme voûte le bleu du ciel, et, sur le parvis, l'herbe pousse. Mais, éventrée, décapitée, croulante, la tour s'élève encore, indéracinable comme l'espoir et comme la foi. Les saints du portail, outragés par les saisons, blessés par les coups de pierres, tiennent toujours le livre de la loi et le glaive de la parole. La basilique de Larchant ne veut pas mourir. Dans le chœur, presque intact ainsi que l'abside, la lampe mystique n'est pas éteinte. Et, parfois, un prêtre qui monte à l'autel réveille d'un pieux murmure les échos du sanctuaire.

Les jeunes gens méditèrent un instant sur le passé qui frémit encore dans ces ruines. Derrière l'église, près d'une auberge, leur voiture les attendait. En y remontant, ils avaient un peu honte : la présence d'un engin moderne près de ce cimetière des siècles leur semblait une espèce de profanation.

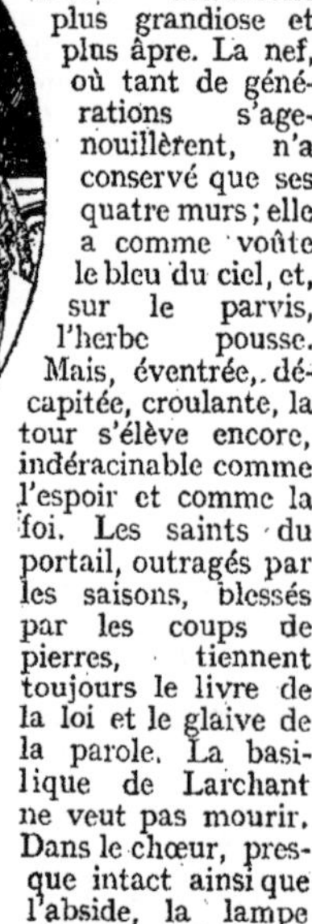

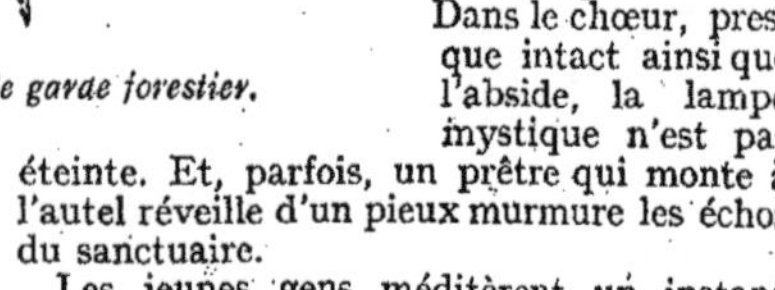

Edna aborde le garde forestier.

Un jour, en revenant d'Achères, ils devaient prendre la route de Milly pour rentrer à Fontainebleau. Tout à coup, à une certaine distance du village, Edna fit stopper l'automobile.

A droite de la route, elle venait d'apercevoir une petite villa portant l'écriteau : « A louer ». Le site était sauvage : au fond le Rocher de la Reine fermait la vue ; les taillis du Bois-Rond et de la Gorge-aux-Archers moutonnaient sur la droite ; à gauche les fameux Sablons d'Arbonne, tachetés par les grêles touffes de bouleaux, brillaient sous le soleil, comme des glaciers.

Edna sauta la première à bas de la machine et promena autour d'elle un regard fasciné par l'aspect du lieu, qui, malgré le scintillement d'un ciel doré et la douceur rose des bruyères, avait quelque chose de vaguement redoutable.

— Eh bien, fit-elle, qu'en dites-vous ?

— Un peu farouche, répondit Jean.

— Justement ! C'est là ce qui m'enchante. Pas de danger qu'on vienne nous relancer ici. »

Et elle continuait à regarder la maison, les rochers, la clairière, éprise brusquement de cette solitude où elle n'était jamais venue. Était-ce simplement une inspiration de son âme, à la fois mobile et profonde, toujours prompte à se passionner ? Était-ce une suggestion du destin, qui, dans le secret de ses préparations, avait déjà choisi pour elle ? Quelque chose lui disait qu'il fallait s'arrêter là. Tout à coup, après avoir tant hésité, sa décision se formait, définitive.

Quant à Valmer, il paraissait moins enthousiaste ; il trouvait l'endroit un peu lugubre. Mais il n'insista pas, et, si Edna ne changeait pas d'avis...

— Non, non, s'écria-t-elle, avec une impétuosité d'enfant gâtée. J'ai eu tout de suite l'impression que ce serait là le nid rêvé ! Où voulez-vous que nous trouvions une tranquillité pareille ? Et puis nous sommes ici à la lisière de la forêt... Et c'est le seul parage que je ne connaisse pas encore. Allons, c'est entendu ? Dès demain vous tâcherez de voir le propriétaire, le régisseur, enfin celui auquel il faut s'adresser pour la location. C'est promis, n'est-ce pas ?

— Oui, chérie, fit-il, ravi au fond de satisfaire un de ses caprices.

Elle se retint de lui sauter au cou, à cause du chauffeur.

Tout paraissait s'arranger pour hâter l'affaire. Un garde forestier traversa la route.

Sans doute il saurait le nom de la personne à qui appartenait la villa. Jean, devinant la pensée d'Edna, allait aborder l'homme. Mais déjà elle avait couru à lui la première.

— Pardon dit-elle, pourriez-vous nous indiquer le propriétaire de la maison à louer ?

Le garde considéra la jolie dame avec une pointe d'admiration. Certes, il en voyait tous les jours de ces belles automobilistes, mais celle-là était plus belle que les autres, cent fois. Enfin il répondit :

— C'est M. Martin, le propriétaire. Un ancien avoué qui demeure à Milly. Oh ! il est bien connu là-bas !

— Merci !

Le garde s'éloigna, les jeunes gens remontèrent dans la voiture. Et, tandis que l'auto dévorait la route, Edna, grisée, s'abandonnait déjà à la joie des projets. Il lui semblait être installée. Elle disait mille folies. Les éclats de son rire si pur, fusant à travers le vacarme de la machine, faisaient retourner les rares passants.

Dès le lendemain, pour ne pas laisser attendre l'impatiente, Valmer allait voir M. Martin à Milly.

L'ex-homme de loi, petit vieillard aimable, qui demeurait imprégné de la gravité juridique, le reçut cérémonieusement, avec une politesse aujourd'hui peu usitée, surtout dans les affaires. L'arrangement fut conclu sans difficultés ; Valmer se hâta d'en apporter la nouvelle à Edna, qui sauta de joie.

Il écrivit aussitôt aux domestiques qu'il avait retenus, pour leur ordonner de le rejoindre immédiatement, afin d'aider à l'installation.

A l'heure prescrite, ils arrivèrent. Assez grand, très noir de cheveux, brun de visage, l'homme montrait une face glabre, rasée jusque dans la peau et soigneusement dépourvue d'expression, l'impassibilité étant la dignité des valets de chambre. La femme n'était ni moins impassible ni moins brune. Tous deux plurent à Edna, qui, d'ailleurs, ne leur accorda que peu d'attention. Il lui suffisait que sa camériste sût la coiffer et l'habiller.

— D'où êtes-vous ? demanda-t-elle à l'homme, moins par curiosité que pour marquer à ses serviteurs un peu d'intérêt condescendant.

— Nous sommes Algériens, répondit-il, mais nous avons toujours servi en France, comme Madame a pu le voir par les certificats.

Elle ne les avait pas même lus, s'en rapportant à Valmer. Elle avait bien autre chose en tête ; elle était tout à la joie de l'installation.

Les nouveaux domestiques s'y employèrent aussitôt avec zèle ; ils se montraient actifs et adroits, d'une intelligence qui enchanta Valmer en le surprenant un peu. Jamais ils ne se faisaient répéter un ordre ; parfois même ils le devançaient. L'homme surtout semblait posséder une certaine instruction. Discrets, ils paraissaient ne rien voir et ne rien entendre, hors les choses du service, tant ils surveillaient leur maintien et leur visage. Quand on les interrogeait, ils répondaient d'une voix un peu gutturale, mais sans le moindre accent. Le léger exotisme de leur extérieur s'expliquait fort bien par leur origine avouée : l'Algérie est un pays de sang mêlés. D'ailleurs, le mari justifiait de sa nationalité française en exhibant un livret au nom de Louis Massieu, classe 1894, soldat au 3e régiment de zouaves, à Constantine.

Leurs nouveaux maîtres eussent été bien surpris s'ils avaient pu assister à la conversation que leurs gens tenaient ensemble, la besogne finie le soir, dans leur chambre, sous les toits. Ils se seraient demandé quel était le langage étrange que parlaient entre eux ces prétendus Français d'Algérie. Des vocables arabes, âpres à déchirer la gorge, y faisaient rouler leurs rudes sonorités ; des mots italiens y chantaient tout à coup, musique imprévue. Des syllabes anglaises sifflaient d'une façon comique, comme si, successivement, un chamelier du Sahel, un pâtre de Sicile et un matelot de Portsmouth avaient fait leur partie dans cet assaut de patois international. Mais l'arabe dominait, et cela paraissait tout naturel quand on regardait mieux la physionomie évidemment sarrasine du couple.

Entre eux, le prétendu Louis Massieu et sa compagne s'appelaient Santermo et Rosalia ; ils venaient de Malte, en passant par l'Afrique et une partie de l'Europe : l'Italie, la Sardaigne, l'Espagne et la France.

Malte, « l'Ile de Miel, la Fleur du Monde », possède peut-être le plus admirable port de l'univers ; mais sa sécheresse ne lui permet pas de nourrir la moitié de ses habitants ; la plupart émigrent en Algérie et préférablement dans la province de Constantine. Santermo était du nombre. Il avait roulé en Tunisie, tour à tour chasseur de cercle,

croupier, rat d'hôtel, cicerone, indicateur de la police, et même journaliste, car il était intelligent et s'était instruit lui-même du mieux qu'il avait pu. Dans un faubourg d'Alger, comme il vagabondait, un soir, par les rues chaudes, il avait retrouvé une compatriote, la Rosalia. Ils s'étaient connus à l'époque où Santermo gaspillait dans les tavernes du port le maigre héritage de son père. La Rosalia était déjà une assez belle fille, que l'on admirait pour la grâce sinueuse de son corps, impudiquement accusée sous la *faldella* qui l'enveloppait des cheveux aux talons, quand elle rôdait sur le môle, en quête d'aventures. Ils avaient fait ensemble plus d'une partie sur les gondoles maltaises, si étranges avec leurs larges yeux peints sur la proue, qui les font ressembler à des monstres marins dardant sur vous leur regard. Ils avaient bu des vins de l'Archipel dans les loggias fleuries qui débordent les façades toutes blanches des maisons. Puis un jour, sans savoir pourquoi, ils s'étaient quittés, comme ils s'étaient pris.

S'étant retrouvés, ils s'associèrent pour courir les aventures à travers l'Europe, surtout dans les villes d'eaux et de jeux. Du jour au lendemain riches ou pauvres, selon le succès de leurs rapines et de leurs escroqueries, parfois arrêtés, condamnés, emprisonnés, s'échappant toujours, ils se tiraient d'affaire. A la fin, fatigués de tant de vicissitudes, ils s'étaient mis au service du chevalier Attilio et de la « Mafia en gants jaunes » ; ils y trouvèrent une sécurité relative, n'ayant plus à s'inquiéter du lendemain.

C'étaient eux qu'Attilio, pressé par les objurgations d'Ugo Ormanni, avait envoyés à la recherche d'Edna et de sa mère. C'étaient eux qui avaient retrouvé les nouveaux époux à Londres, et, montés sur le même navire, au départ, les avaient filés jusqu'à Paris. Maintenant, ils s'étaient fait engager par eux, grâce à des certificats fabriqués. Santermo avait volé le livret militaire dans la poche d'un malheureux troupier tué par lui dans une rixe, au fond d'un bouge de Marseille.

Et déjà Ugo Ormanni, qu'il avait prévenu par une nouvelle dépêche, venait de quitter Florence avec sa sœur ; tous deux étaient en route pour Paris, où ils allaient attendre le moment d'agir. Déjà Santermo cherchait pour eux, aux environs de la villa, une maison sûre où ils fussent seuls, sans avoir à craindre ni espions ni voisins. Et il préparait le plan du meurtre, qu'un autre allait accomplir. Car Ugo Ormanni n'entendait déléguer à personne le soin de la vengeance familiale, et le bandit ne demandait pas mieux que de le lui laisser : il ne se souciait plus guère de semblables aventures. Le moment du repos arrivait pour lui ; il comptait se retirer du crime après cette dernière affaire, et cette ambition le rendait prudent.

Cependant, Edna présidait à l'aménagement de la villa avec un soin amoureux du moindre détail. Quand ce fut fini, elle se donna la joie de découvrir avec Jean les environs d'Arbonne. Ils parcoururent le désert des Hautes-Plaines et firent le pèlerinage de Notre-Dame-de-Grâce, pour saluer, sur sa tour rustique, la Vierge qui bénit de son sourire l'infini des forêts et des moissons étalées au pied du Rocher de Corne-Biche. Ils longèrent les sombres Mares-Couleuvreuses, s'arrêtant à chaque pas pour regarder les eaux pourries, leurs roches noires et leurs pâles

herbages. Ils aimèrent cette nature sinistre ; ils recherchèrent l'angoisse qui s'exhalait du marécage comme un miasme : on eût dit une fantaisie d'heureux qui voulaient, pour un instant, assombrir leur bonheur.

Une fois ils descendirent dans la vallée des Béorlots, où les pins rapprochés tamisent un demi-jour de limbes, qui dore à peine la mousse des grès ; pour dominer le blême paysage, Edna voulut monter sur une éminence sablonneuse, que ceignaient de toutes parts les verdures funèbres de la forêt. Avec son voile flottant sur ses cheveux couleur de nuit, pâlie par un jeu de lumière qui frappait son visage, elle ressemblait à une Velléda debout sur quelque pierre de sacrifice. Jamais Valmer ne l'avait trouvée aussi belle. Chez certains êtres, élus par une fatalité inexorable, on observe parfois ce rayonnement subit, à l'approche de la catastrophe suprême.

Santermo et la Rosalia.

TROISIÈME PARTIE

Sur la hauteur qui domine la garenne du Bois-Rond, s'étend un banc de sable, long d'un kilomètre et large de quatre cents mètres à peu près. Sans cesse, le vent modifie les dunes et les vallonnements de ce chaos : il fait courir à la surface une poussière fine, pareille à celle qui s'envole des neiges alpestres ; il y creuse d'innombrables rides qui la moirent, comme une eau frissonnante. Des bouleaux, enterrés à demi dans la cendre, s'acharnent à pousser malgré tout ; ils tordent désespérément leurs bras grêles ; tels ceux d'un homme qui s'enlize se convulseraient au-dessus du sol traître. Des grès dressent leurs simulacres de léviathans hagards : la poudre impalpable et corrosive, dont la brise les asperge, avive leur couleur en les lavant comme un acide. Le banc s'achève par un haut éperon de sable, qu'on peut gravir sans crainte, à cause du tassement. De là, on aperçoit les bois et les champs d'Arbonne, et tout un cirque sévère de rochers, dernier rempart de la forêt incendiée. Immense et varié, le paysage contraste avec la lande désolée, digne de l'enfer.

Ce sont les sables d'Arbonne.

Edna et Jean se trouvaient sur le monticule qui les termine, et le regard de la jeune femme, négligeant le panorama étalé entre les quatre horizons, s'attachait avec obstination à l'énorme renflement en forme de tumulus.

— On dirait d'un grand mausolée, murmura-t-elle.

Et elle ajouta :

— Là-dessous, il serait bien facile de faire disparaître quelqu'un.

— Quelle idée joyeuse vous avez là ! s'écria Jean, qui s'efforça de rire.

Or, cette idée, il l'avait eue, lui aussi, au moment même où elle l'exprimait. Tout le monde, évidemment, aurait fait la même réflexion. Avec le moindre outil de jardinage, pelle ou pioche, avec une simple bêche, il eût été aisé, assurément, de creuser un trou dans le sable, qu'ensuite on aurait rejeté sur le corps, et le vent en aurait apporté toujours davantage, pour le mieux couvrir.

Cette imagination leur causa un instant, à tous les deux, le même absurde malaise. D'autant plus qu'un corbeau passa en criant, plana, puis descendit se poser tout noir sur le sable livide.

Edna réagit la première. Brusquement, elle se mit à courir comme une fillette et dévala au galop la pente molle, sur laquelle ses pas laissaient des traces légères comme celles d'une biche. Elle glissa, plutôt qu'elle ne descendit, jusqu'au fond de la vallée. Jean la rejoignit.

— Ah ! cela fait du bien ! s'écria-t-elle.

Son teint s'était un peu coloré, ses yeux étaient plus brillants ; toute sa gaîté étincelait dans son sourire.

Ils prirent le chemin qui traverse la garenne en son milieu, afin de retrouver la route. Il faisait assez chaud, les taillis trop bas ne donnant point d'ombre. A chaque instant, des lapins se levaient d'entre les arbustes ; ils se sauvaient par petits bonds, d'une fuite agile et comique. C'était à croire qu'il y en avait sous chaque touffe de genêts. Edna les trouvait drôles ; elle les plaignait d'avance, à la pensée du massacre que les chasseurs allaient en faire dans six semaines. Des odeurs de serpolet et de menthe montaient du sentier ; les pieds des promeneurs écrasaient des parfums dans l'herbe ; un encens sauvage s'élevait dans l'air sec de cette région, avec une bonne senteur de terre chaude.

Au moment où le chemin tournait à gauche, Edna et Jean aperçurent deux inconnus qui venaient à leur rencontre, sans doute des touristes qui voulaient, eux aussi, visiter les Sablons.

C'était un tout jeune homme et une femme un peu plus âgée, également vêtus d'un deuil strict. Ils avançaient avec une certaine lenteur. Dès qu'ils furent à portée, leur regard se fixa sur Edna et sur Jean, avec une insistance que ne justifiait pas tout à fait l'imprévu de la rencontre, dans ce désert. Ce fut Edna surtout, qu'ils considérèrent ainsi, de toute leur attention aiguisée. Deux ou trois fois, tandis qu'ils continuaient à approcher, ils s'efforcèrent de tourner leurs yeux ailleurs et de prendre un air indifférent, mais ils ne purent y réussir. Ils arrivèrent enfin à la hauteur du couple ; alors un éclair s'alluma dans leurs prunelles. Ce n'était plus une investigation indiscrète, c'était comme le flamboiement d'une inexplicable hostilité, chez le jeune homme surtout. Le chemin, assez étroit obligea les quatre promeneurs à ralentir pour se faire place mutuellement ; les arrivants durent monter sur le talus. Edna et Jean eurent donc tout le temps de constater l'impression qu'ils avaient produite.

— Comme ils nous ont regardés ! remarqua la jeune femme dès que ces personnes furent passées. Ils avaient l'air furieux contre nous.

Valmer plaisanta :

— Ce sont sans doute des amoureux que nous avons troublés dans leur solitude.

C'était Ugo et Paola Ormanni.

Aussitôt que la dépêche de Santermo leur était parvenue, le frère et la sœur étaient partis de Florence en toute hâte... A Paris, ils étaient descendus dans un hôtel choisi d'avance, au fond du quartier ecclésiastique de Saint-Sulpice, et qu'on leur avait indiqué comme sûr ; là, ils ne risquaient guère de rencontrer des compatriotes et resteraient inaperçus, mêlés à la clientèle provinciale. Santermo les y avait rejoints, il leur avait dit son plan, qui était simple : une fois engagés, lui et Rosalia, comme domestiques, chez M. Valmer, observer les habitudes de la maison, guetter et, au besoin, préparer l'occasion favorable pour « l'affaire », c'est-à-dire le meurtre. Quand tout serait prêt, faire signe au jeune maître, qui ne voulait céder à personne la tâche de la vengeance assumée par lui, selon les lois de l'hérédité et de l'honneur.

Maintenant ils étaient arrivés, le frère et la sœur ; ils étaient tout près de leur victime. Santermo avait découvert pour eux, dans un site presque inaccessible, sinon aux bûcherons et aux chasseurs, une retraite perdue et cependant assez voisine de la villa du Bois-Rond. Là, ils pouvaient préparer « l'affaire » tout à leur aise ; nul ne viendrait y épier leurs conciliabules.

Paola, parvenue au sommet du raidillon, découvre la plaine de la Mer.

Le cercle de la fatalité se rétrécissait de plus en plus autour d'Edna. La haine l'avait d'abord poursuivie de loin, dans sa course à travers l'Europe. Elle avait un moment perdu sa trace, puis l'avait rejointe au delà des mers, s'était attachée à elle, pour ne plus la quitter. Elle était montée après la jeune femme sur le navire ; elle était à présent dans son voisinage et jusque sous son toit

Bientôt, sans doute, elle allait la prendre à la gorge.

Ignorante de tout cela, rassurée par l'amour jusqu'au complet oubli du passé, Edna rentrait au bras de Jean ; elle avançait à peine le long des taillis, feignant d'être lasse, par un caprice de femme enfant. Elle se faisait presque porter et, de temps en temps, exigeait un baiser pour continuer la route. Ou bien elle se baissait pour arracher les feuilles de menthe sauvage, qu'elle froissait entre ses doigts.

Cependant, Ugo et Paola poursuivaient, eux aussi, leur chemin. Pendant quelques instants ils marchèrent en silence. Ugo se mordait les lèvres, très pâle. Sa sœur le regardait. Elle le voyait penser, en quelque sorte ; l'âme de ce frère lui était aussi familière que la sienne.

Autant qu'elle-même, certes, il haïssait Edna. Elle lisait dans ses yeux qu'il avait eu envie de la tuer, tout à l'heure, quand ils s'étaient croisés, quand il avait été effleuré de sa robe, au passage. Mais il la haïssait mal. Non comme l'héritière responsable du crime paternel, mais parce qu'à cause d'elle sa jeunesse avait été endeuillée, son existence perdue, son ambition et son bonheur détruits. Voilà pourquoi sa haine à lui était violente et désordonnée, tandis que celle de sa sœur demeurait froide et inflexible, comme le devoir qui l'inspirait.

Alors elle eut une crainte. C'était qu'il ne fût pas assez maître de lui pour attendre le moment favorable à l'accomplissement de l'œuvre ; qu'il frappât au hasard, en aveugle, un jour qu'il la rencontrerait comme aujourd'hui sur son chemin et que sa sœur ne serait pas là pour lui retenir le bras.

Voilà ce qu'il ne fallait pas. Non, elle ne voulait pas qu'il s'exposât à être arrêté, puni, mis à mort peut-être pour avoir fait acte de bon fils et satisfait à ce qu'exigeaient la piété et l'honneur. Elle aimait ce frère qu'elle avait pourtant, comme une autre Électre, voué aux Euménides comme un autre Oreste ; il ne fallait pas que, par un injuste contre-coup, le trait de la vengeance revînt frapper le vengeur. Il était nécessaire d'apaiser Ugo, de le rappeler à la raison, au calme. La besogne du justicier exige qu'il soit implacable, mais aussi qu'il soit prudent.

Par un geste d'aînée qui lui était familier, elle mit la main sur l'épaule de son frère :

— *Uguccio !* lui dit-elle, en l'appelant d'un diminutif enfantin qui sonnait étrangement à cette heure, toute troublée par la rouge ivresse du crime médité.

Le jeune homme tourna vers elle un regard éclatant et fixe, comme celui des fous, dont les paupières ne cillent plus.

— Tout à l'heure, reprit-elle, tes yeux m'ont effrayée... Oui, j'ai eu peur pour toi. J'ai cru que tu allais tirer sur cette femme et sur cet homme.

— J'en ai eu l'envie.

— Et moi, je te le défends... jusqu'à ce que tu puisses agir à coup sûr... quand tu seras le maître de l'heure, quand toutes mes précautions seront prises pour que tu échappes à la loi imbécile qui ne permet pas qu'on se passe d'elle pour se faire justice... Notre mère, au paradis, s'affligerait si tu étais condamné pour l'avoir vengée. L'*autre* n'a pas été puni pour son crime ; je ne veux pas qu'on te fasse expier ta vertu.

— Qu'importe ? Depuis dix ans je vis dans un cauchemar. Il faut que j'en sorte. Le plus tôt sera le mieux.

— Tu déraisonnes, Uguccio. Tu oublies que tu as la vie devant toi.

— La vie ?...

— Oui. Moi, c'est fini. Je n'ai plus d'âge, et surtout je n'ai plus de cœur, je n'ai rien à attendre ici-bas. Mais toi, tu n'as pas vingt-trois ans, tu es beau, mon Uguccio. Quand... *ce sera fait*, nous retournerons en Italie. Parmi les filles de chez nous, va, il en est plus d'une qui serait fière de t'épouser, surtout après *cela*... après que tu auras accompli le devoir. Tiens, ma petite amie Gemma, tu sais bien ? celle qui rougit toujours quand on parle de toi devant elle... »

Ugo se tut, mais les paroles de sa sœur avaient fait impression sur lui. Cette petite Gemma, il se la rappelait bien, toute frêle et timide, avec une façon de le regarder parfois à la dérobée, comme si elle se fût cachée pour commettre un péché délicieux ! Alors, elle l'aimait donc ? Il ne l'avait pas remarqué, car il ne faisait guère attention à elle ni aux autres jeunes filles. Mais il n'en était pas surpris. A cette pensée, il éprouva un léger mouvement de vanité flattée, qui fit diversion. Peu à peu il revenait au calme. Paola avait appris depuis longtemps à gouverner son âme fougueuse et mobile avec une adresse féminine, et la volonté du jeune homme obéissait, sans qu'il s'en doutât, aux impulsions qu'il recevait d'elle.

Le chemin montait, à présent, et l'espace se refermait de chaque côté, à mesure : c'était la Vallée-Close, une sorte de ravin feuillu, encaissé entre deux collines qui, finalement, se rapprochèrent, formant une sorte d'impasse. Là, le sentier disparaissait, presque entièrement, sous les hautes herbes : c'était la solitude sans horizon, une fin de monde. Mais les promeneurs gravirent le raidillon d'un pas ferme et débouchèrent dans une lande toute rose de bruyères en fleurs. Ils avancèrent encore un peu, jusqu'au bord du plateau.

Alors, brusquement, devant eux, l'étendue s'ouvrit tout entière, et la sauvage merveille de ce pays, la Charme, apparut.

Sombre, brûlée, complètement chauve, la plaine de la Mée s'étale dans sa nudité, que, seules, des mousses lépreuses parsèment de taches de rouille. Çà et là, le sol est couvert de plaques noires : c'est l'incendie qui a marqué sa trace plus âprement. Resserrées entre des falaises calcinées par le feu, qui s'avancent comme des caps, plusieurs vallées semblent les bras de cette mer desséchée. Des pics, des mamelons, des montagnes quadrangulaires, pareilles à des autels dressés pour on ne sait quels sacrifices formidables, surgissent de tous les côtés : la Montagne-Blanche se détache de l'immense grisaille, dans l'éblouissement de ses sables frappés par le soleil. On dirait d'un paysage volcanique. Un silence éternel l'occupe, un silence tel qu'on se croit sur une autre planète, qui roulerait morte dans les cieux. Un silence qui oblige le voyageur à crier, pour entendre au moins sa propre voix. Parfois, un faon traverse ce désert d'une fuite muette ; un chemineau, qui craint peut-être les grandes routes, apparaît entre les roches, au fond de ces abîmes, comme s'il remontait de l'enfer. Et le pelage de la bête et les guenilles de l'homme sont du même roux que ces pierres brûlées.

Cependant les bois de la Charme enserrent la vallée d'un anneau de verdure ; des campagnes d'un ton adorable sourient, des villages répandent leurs maisons dans les prés comme des jouets tombés du ciel. Là-bas, très loin, où la contrée maudite expire, le cauchemar se dissipe et la vie recommence. Le rêve s'envole vers d'autres infinis.

Telle est la Charme : ceux qui l'ont vue en resteront hantés pour toujours. D'ailleurs, elle se garde jalousement dans le mystère de sa solitude : les bûcherons du pays connaissent seuls ses abords. Pour l'étranger, elle est introuvable.

S'il en a forcé l'accès, elle l'en punit : il ne peut plus regagner le chemin du retour ; il

s'égare dans le cirque des rochers ; les sentiers auxquels il a eu foi l'abandonnent, s'effacent tout à coup au milieu des bois chevelus et broussailleux. Ce n'est plus la forêt de Fontainebleau, agencée pour les belles promenades ; ce sont des taillis revêches, qui font exprès de s'enchevêtrer, de s'épaissir comme des murs de défense. Personne ne se risque là, que les chasseurs qui viennent tirer les lapins sauvages.

Le site inconnu, rival d'Apremont, de

L'Innocent apportant une gerbe de bruyères.

Franchard et de Marlotte, attendra longtemps ses peintres et ses poètes.

Ugo et Paola suivaient la crête du plateau, côtoyant l'abîme ; ils se dirigeaient toujours vers la droite. A quelque distance, les tuiles rouges d'un toit éclataient au milieu d'un bouquet d'arbres qui s'avançait au-dessus des précipices. Un nid humain, une maison ici, à une heure de tout village, de tout hameau, de toute ferme? Quel être avait donc le courage d'habiter là? Ce ne pouvait être qu'un fou, un criminel ou un saint — un de ceux qui fuient les hommes ou qui cherchent Dieu. Il fallait une âme bien farouche ou bien haute pour rester là, dans cette solitude aérienne, en vigie au-dessus du gouffre.

C'était simplement l'ancien posté forestier de la Charme, qui dépendait de la garenne du Bois-Rond, et que les gardes de la propriété louaient pendant l'été, quand l'occasion s'en présentait, à des chasseurs du pays. Cette année, il s'était trouvé libre, et Santermo l'avait retenu pour y loger les Ormanni. Deux fois par jour, la femme d'un des gardes voisins montait jusque-là, pour préparer le repas du frère et de la sœur.

Ugo et Paola étaient maintenant tout près de l'enclos et de la maisonnette. A quelques pas de la porte, un grand garçon se tenait debout, serrant contre sa poitrine une énorme brassée de bruyères. Les touffes mauves entassées débordaient de ses bras, montaient jusqu'à son visage, qui était régulier et inexpressif, comme celui d'un pâtre latin ou grec. Cependant, à la vue de Paola, son regard s'anima d'une joie vive qui le rendit brillant, sinon lumineux. Il y a des éclairs semblables dans les prunelles du chien qui retrouve son maître. L'adolescent montrait une sorte de joie animale. C'était la seule dont il dût être capable.

Paulet, le fils de la ménagère qui servait les deux Ormanni, était, comme on dit encore dans quelques campagnes, un « innocent », c'est-à-dire un être inachevé, non pas faussé comme sont les fous, mais atrophié comme les idiots. S'il ne raisonnait pas, il rêvait ; et s'il ne parvenait pas à s'expliquer il comprenait néanmoins beaucoup de choses. Sévère, grave et calme, Paola exerçait sur lui la domination, physique pour ainsi dire, des êtres en qui l'énergie et la volonté surabondent. Il la regardait avec un fanatisme muet, il lui obéissait sur un signe. Il passait des heures, la nuit, quand on le croyait couché, à venir rôder autour de sa maison.

— Tiens, Paulet! fit Paola en lui souriant. C'est pour moi que tu as apporté cette belle gerbe?

L'Innocent qui avait peine, d'habitude, à « trouver sa parole », comme disait sa mère, était trop ému pour répondre ; il fit : oui, de la tête, en fixant sur elle ses yeux brillants et vides.

— C'est bien, reprit-elle. Laisse-la-moi. Je te remercie.

Il déposa docilement les fleurs sur le seuil.

— Et maintenant, tu vas rentrer chez toi. Tes parents seraient inquiets. Allons, va.

L'éclat des yeux s'éteignit. Le visage sans âme réussit à exprimer une grosse peine, moitié physique, moitié morale, comme celle d'un enfant. Mais l'Innocent n'avait pas de caprices contre la volonté de sa souveraine ; il obéit, il s'en alla.

Il était évident que cet être, en sa candeur de bête, aurait commis un crime ou se serait tué sans plus d'hésitation si elle eût seulement levé un doigt pour le lui ordonner.

Le frère et la sœur entrèrent pour se reposer dans la maison. L'intérieur était pauvre jusqu'au dénuement. Des murs nus, badigeonnés à l'huile, des chaises de paille dont la plupart étaient défoncées, des sellettes de bois blanc, deux ou trois trophées de chasse vermineux, abandonnés par l'ancien garde ; la moindre auberge eût été plus confortable. Mais qu'importait à Paola, qui vivait à Florence même aussi austèrement qu'une religieuse? Qu'importait à Ugo, secoué par des tempêtes d'âme qui ne lui laissaient guère le loisir d'avoir souci de son bien-être? Telle qu'elle était, cette cabane leur suffisait bien à tous deux, du moment qu'elle les abritait à peu près et qu'elle les cachait au monde. Elle était assez parée avec les rosiers grimpants qui encadraient ses fenêtres et donnaient à sa façade, ridée de crevasses, la grâce imprévue d'un sourire. Elles ouvraient, ces fenêtres, sur l'âpre chaos de la plaine et des rochers, sur tout le violent paysage qui semblait à la fois convulsionnaire et pétrifié. En s'y accoudant, Ugo et Paola avaient sous les yeux une nature qui s'appariait à la leur. N'étaient-ils pas aussi tourmentés qu'elle? Et l'idée fixe ne leur imposait-elle pas la même taciturnité et la même immobilité?

Nul autre gîte ne leur aurait mieux convenu que cette espèce d'aire sauvage, suspendue entre la terre et le ciel, au-dessus de cette plaine d'où montait vers eux le double vertige de la solitude et de la mort. De là ils respiraient l'ivresse de l'abîme. Un poète du désespoir, Leopardi, Edgar Poë ou Baudelaire, aurait aimé à rêver son œuvre là au-dessus de cette vallée sépulcrale. Mais eux, ne méditaient-ils pas aussi un poème bien plus grandiose et bien plus affreux, le chef-d'œuvre de leur vengeance?

C'était bien dans cette cabane sinistre, malgré ses festons de roses, comme l'ermitage d'un mauvais ermite, qu'il devait lentement, fatalement, mûrir.

II

On frappa à la porte. Paola ouvrit.

Santermo entra, après un bref salut, l'air maussade. Il ne ressemblait guère en ce moment n'était qu'un serviteur ; ici, il était un agent indépendant — bien mieux, un auxiliaire indispensable. Il ne se gênait plus.

Paola vit aussitôt, à son visage, que l'*affaire* n'avançait pas.

— Vous n'avez rien de nouveau? lui demanda-t-elle, prévoyant déjà la réplique.

— Non, rien encore. Je me creuse la cervelle depuis huit jours inutilement pour trouver le moyen d'écarter M. Valmer pendant quelques heures : rien ne réussit. Il ne veut pas laisser sa femme seule. Hier, je lui ai fait proposer, par un garde que je connais, d'aller tirer du gibier d'eau du côté de Sa-

Ugo arme son revolver.

à son autre personnage, à ce Louis si correct, pétri de respect et d'impassibilité, qui allait et venait d'une allure souple, silencieuse, à la façon d'un automate dûment réglé, et ne répondait aux ordres ou aux interrogations que les mots nécessaires. A la villa, il mois ; je lui avais entendu dire que la bécassine était une bête amusante à chasser. Il a refusé. C'est dommage : cela nous aurait donné une journée.

— Alors?

— Qu'est-ce que vous voulez? Je ne sais

plus que faire. Il faudra pourtant que nous arrivions à l'éloigner, n'importe comment.

— C'est que je suis inquiète. Ugo s'énerve de plus en plus. Il y a des moments où sa surexcitation m'effraie. Il sort seul, souvent. Où va-t-il? Sans doute, il rôde du côté de la villa ou dans la garenne. Et il est armé... Je ne vis pas tant qu'il n'est pas rentré. Dans un moment de folie, il est capable d'agir sans nous avoir prévenus. Il n'y aurait pas moyen de le sauver, après... Ces gens-là ont su se faire aimer dans la contrée, les paysans le tueraient, avant même que les gendarmes ne l'eussent arrêté. Je vous en supplie, Santermo, hâtez-vous.

— Je voudrais bien. Si vous croyez que je tiens à perdre mon temps !... Et une affaire dangereuse !... Il me tarde autant qu'à vous d'en avoir fini. Je fais tout ce que je peux.

— Je le sais. Enfin, voyez de nouveau, je vous en prie, réfléchissez, cherchez. J'ai confiance en vous...

Aujourd'hui encore, Ugo est sorti seul. Une force inconnue le pousse ; il suit le sentier de la Vallée-Close ; il descend vers la garenne, il va dans la direction de la villa : il ne pourrait pas aller ailleurs. Il n'est plus libre de sa volonté, ni de son corps, ni de rien de ce qui est à lui. Ses nerfs lui commandent et l'idée fixe le mène.

Maintenant qu'il est nécessaire d'agir, il voudrait avoir agi. Les conseils de sa sœur ne le calment plus ; il ne les entend même pas. Il ne lui est plus possible de songer à l'avenir, à l'amour, à Gemma ; car tout cela est vague comme un projet et comme un rêve. C'est pour plus tard. Tandis que l'acte à accomplir, c'est du présent. Il se trouve devant son crime comme un cheval, éperonné sans merci par son cavalier, devant un fossé plein de flammes ; il va s'y précipiter parce qu'il le faut, parce que le saut formidable est moins affreux que la lutte contre l'horreur, que la révolte effarée et cabrée au bord du gouffre rouge.

C'est la faute de ses nerfs. Ils sont de ce siècle ; ils trahissent en lui le caractère, digne des vieux Florentins héroïques et meurtriers.

Il marche d'un pas rapide. Comme il fait chaud, aujourd'hui ! La canicule est passée, et pourtant jamais le soleil n'a sévi plus implacablement sur la campagne haletante. Ugo n'a pas une goutte de sueur, mais toutes ses veines brûlent, ses tempes battent ; par moments, le paysage danse devant ses yeux. Un vertige le prend ; non loin de la route et de la villa maudite, il se laisse tomber derrière une touffe qui l'ombrage un peu.

Il faut en finir, coûte que coûte. De grands coups sourds retentissent dans sa tête ; c'est la folie qui lui martèle le crâne, sans doute. Encore quelques jours de ce supplice, et il ne sera plus qu'un dément, bon à jeter dans un cabanon. L'homme qui se dit : « Demain, je tuerai, » a déjà besoin de toute sa fermeté pour porter cette pensée sans défaillir. Pour lui, Ugo, ce n'est pas demain, c'est un jour inconnu, qui n'arrivera peut-être que dans trois semaines, plus tard encore, mais qui arrivera certainement. Et, d'ici là, il faut attendre.

Attendre, le cerveau bouillant, les nerfs crispés, la chair hérissée d'horreur ! Attendre dans le cauchemar, dans le délire !

Qu'on la lui livre donc tout de suite, sa proie ! Le louveteau saura mordre et déchirer. Mais que cela soit fait vite ! Sans quoi, le fauve enragé tournera ses crocs contre lui-même.

La prudence?... Qu'en ferait-il? Il n'a guère le loisir d'y songer. Ou bien c'est pour maudire la circonspection de sa sœur, qui prolonge son supplice. D'ailleurs, il ne lui convient pas d'être prudent. Méditer des ruses, préparer sa retraite, s'arranger pour n'être pas découvert, pour frapper sans danger et à coup sûr, c'est bon pour une femme, ces procédés-là.

Un homme n'y doit pas avoir recours. Ce serait de la lâcheté que de tuer sans risques. Il ne veut pas avilir son crime.

Plus de guet-apens ! Quand il verra l'Ennemie, il tirera sur elle, comme il aurait tiré sur Calegari si la mort ne lui avait pas volé celui-là.

Il a plongé sa main dans sa poche, et il crispe ses doigts sur son revolver...

Un éclat de rire vibre tout près de lui, avec une sonorité aiguë et fraîche qui le fait tressaillir. Il semble que ce soit le tintement successif de plusieurs lames de cristal.

Quoi donc? Rêve-t-il? Est-ce déjà la démence, qu'il redoutait tout à l'heure?

Non : le bruit musical se fait de nouveau entendre. Quelqu'un a bien réellement ri. Quelqu'un est là, tout près.

Ugo se soulève à moitié ; il aperçoit une robe blanche, un chapeau, un voile, des cheveux sombres. La femme qui se tient debout dans l'allée voisine, à quelques pas, lui tourne le dos.

Sous le soleil de juillet, il sent courir un frisson entre ses épaules. Si c'était *elle* ! Il toucherait donc à la fin de l'infernale épreuve? Il n'aurait qu'à étendre le bras, à viser... Une pression de doigt imperceptible, et le cauchemar de tant d'années se dissiperait tout d'un coup, dans un petit nuage de fumée, dans une détonation sèche et brève que les échos ne répéteraient même pas, qui ne réveillerait pas la nature de son sommeil d'après-midi.

La femme s'est retournée : c'est bien *elle*. Mais elle ne rit plus ; à présent, son mari est près d'elle ; il lui tient les mains. Bien qu'ils se croient seuls, ils parlent à voix basse, comme on fait d'instinct quand on parle d'amour.

Ugo arme son revolver.

Mais il ne se presse pas. Puisqu'il est sûr maintenant que c'est fini, que voici l'heure libératrice !...

L'idée de son pouvoir absolu, du droit de vie et de mort qu'il détient, lui est une jouissance qu'il veut savourer au moins une minute.

Elle est si nouvelle pour lui ! Depuis son enfance, son père d'abord, sa sœur ensuite, ont disposé de lui pour une tâche, certes irrécusable, mais qu'il n'avait pas choisie. Il devait être le vengeur, il lui était interdit de vivre pour une autre destinée. On lui avait fait entendre qu'il n'existait que pour être l'instrument d'une atroce justice.

Instrument, soit. Mais instrument conscient, et qui se réservait le droit de faire librement son ouvrage.

Qui vengera-t-il dans une minute, lorsqu'il aura déclenché la machine de mort, sollicité, d'un doigt nonchalant, le ressort homicide? Sera-ce la morte, la victime tragique et frivole, celle qui paraît encore si coquette dans son portrait qu'elle ne semble guère réclamer un sang expiatoire? La mère qu'il a entrevue à peine et qui demeure pour lui presque une légende?

Sans doute, il satisfera au rite de l'honneur barbare ; son crime sera, en partie, le crime d'un fils pieux. Il obéira d'abord au génie féroce de la famille et de la race. Mais c'est lui-même surtout qu'il vengera, sa jeunesse frustrée, qui n'a vu le monde qu'à travers un crêpe, son cœur dépossédé de toutes les joies, sa vie toujours esclave. Il fera expier tout cela à ces deux heureux.

Car, maintenant, ce n'est pas *elle* qu'il hait le plus peut-être, c'est ce mari, jeune, amoureux, aimé, qui lui représente tous les bonheurs si longtemps interdits à lui-même. Il éprouve une joie plus aiguë à le tenir sous son revolver.

Trop tard !

Edna a dit à son mari quelques mots qu'Ormanni n'a pu entendre.

— J'y vais, a répondu Jean, et il s'est éloigné en courant du côté de la villa, sans doute pour chercher quelque objet oublié par la jeune femme, un livre, une tapisserie. Edna est seule.

Elle s'est baissée, et, sur le bord du chemin, elle arrache des touffes de bruyères. Comme son jeune corps est souple! Comme il est joli, ce geste d'impatience par lequel elle rejette en arrière son voile qui lui est retombé sur les yeux !

Elle est, elle aussi, digne de figurer, comme Beatrice Ormanni, parmi les nymphes du *Printemps*. Elle a la même grâce que la morte. Elle lui ressemble.

Ugo a repris son arme... Qu'est-ce donc? il hésite.

Il n'hésitait pas, tout à l'heure, quand l'autre était là.

Maintenant, elle est seule. Pourquoi cela le gêne-t-il? Qu'y a-t-il de changé à sa rancune, à sa haine, au passé?

Il laisse retomber son bras.

— Je ne peux pas ! murmure-t-il.

. . . .

Dans le sentier de la Vallée-Close, un homme marche, la tête courbée. Il va lentement, il semble n'avancer qu'à regret, d'un pas qui hésite et s'attarde. A son allure, on dirait un vieillard. Il relève son visage : c'est un jeune homme, c'est Ugo Ormanni.

Un accablement mortel le paralyse, son regard est comme hébété. Il semble qu'on lui ait enlevé tout à coup son audace, sa force, son âme de cruauté et d'énergie. Ce n'est plus lui. Il ne se reconnaît plus.

Que s'est-il donc passé tout à l'heure? Que signifie cette faiblesse? Comment ! il était résolu à en finir, à se libérer coûte que coûte d'un cauchemar de douze années, à tuer, enfin : l'occasion s'est présentée à l'instant même où il l'appelait, et il n'en a pas profité. Il n'a pas tiré, parce qu'il n'a pas osé, parce qu'il n'a pas pu.

Il n'est donc plus qu'un abâtardi et qu'un lâche? Un Ormanni indigne et dégénéré? C'en est fait de son orgueil et de sa propre estime pour lui-même. Quelle honte est la sienne ! Dès qu'un homme a connu une fois seulement cet affreux doute de soi, il ne peut plus se ressaisir : il est fini. Ugo le sent bien : s'il n'a pas osé tuer aujourd'hui, il n'osera jamais. Il trahira lâchement l'honneur de la morte ; il trompera ce dernier désir de son père qui le lui a confié en mourant ; il aura à rougir devant sa sœur. Déserteur de la cause familiale, ce n'est plus ni un Italien ni un Ormanni, ce n'est plus un homme.

Vainement une voix insidieuse essaie de lui souffler une excuse. Il n'a pas osé tuer une femme : faiblesse pardonnable ! Mais il hausse les épaules de mépris pour une telle pensée. Est-ce que Calegari a eu peur d'assassiner sa mère? Est-ce qu'il a eu pitié d'elle? Il lui convient bien, à lui le justicier, d'avoir les égards et les scrupules dont le meurtrier s'est affranchi. La vie d'Edna est-elle plus sacrée que celle de Béatrice Ormanni?

Jamais il ne s'est senti plus misérable, en vérité. Jusqu'à présent, il ne s'était plaint que d'être sacrifié à un devoir héréditaire, et de ne vivre point pour lui-même, mais seulement pour sa tâche. Au moins, cette destinée d'exception, qui le privait de toutes les joies humaines, lui conférait-elle une grandeur austère.

Voici que même ce dédommagement lui échappe : il se voit tout à coup au-dessous de son rôle. Il lui est interdit d'être un homme comme les autres, et il ne réussit pas non plus à devenir le criminel qu'il a juré d'être.

Que faire alors? Se tuer? Mais, en quelques instants, il a si complètement perdu toute confiance en lui-même qu'il se demande avec angoisse s'il aura davantage ce courage-là. Si lente que soit sa marche, il a fini par sortir de la Vallée-Close ; il aborde le plateau de bruyères. Il continue d'avancer ; il a main-

tenant devant lui la plaine de la Mée et ses rochers sauvages. Cette vue, d'ordinaire, exaltait son âme et rallumait son énergie. Il n'aperçoit même pas le désert grandiose qui s'ouvre à ses pieds ; il poursuit son chemin vers la maisonnette.

Sur le seuil, il voit sa sœur qui semble épier sa venue.

« Chère Paola ! se dit-il, elle s'inquiète pour moi quand je sors seul. Elle a peur que je ne fasse une folie. Si elle se doutait !... Elle ne sait pas que je ne suis qu'un lâche !... Un lâche !... »

Elle vient au-devant de lui, le considère affectueusement.

— Mon pauvre Ugo ! dit-elle. Tu es tout pâle : Qu'est-ce que tu as?

— Le grand soleil m'a fatigué. Laisse, je vais m'étendre un peu sur mon lit.

Il détourne les yeux, il ne peut souffrir qu'elle le regarde ainsi.

— Oui, va, répond-elle. Tâche de reposer.

Il gravit l'escalier qui branle ; il va se jeter sur sa mauvaise couchette.

Alors, bien seul, il pleure, la face contre le mur.

Ugo, dressé sur son séant, regarde devant lui, sans rien voir.

III

Le soleil oblique de six heures pénètre dans la chambre. La fenêtre est ouverte ; le murmure d'une myriade de moucherons fait bruire le silence du dehors. Ugo, sorti bientôt de sa torpeur, s'est dressé sur son séant et regarde droit devant lui, sans rien voir.

Une abeille repue et alourdie est entrée ; à chaque instant, son vol bourdonnant revient se heurter contre la vitre. La bestiole entêtée s'obstine à vouloir franchir cette barrière transparente mais solide, contre laquelle elle se froisse inutilement.

De même une pensée, toujours pareille, va

vient, rôde, s'éloigne et revient dans la tête du jeune homme, et se choque sans trêve contre les parois de son crâne. Cette pensée, c'est un doute.

Pour la première fois, Ugo se demande s'il a vraiment le droit d'accomplir l'acte de vengeance auquel son bras s'est refusé tout à l'heure. Est-il légitime de tuer, par honneur ou par piété, une victime irresponsable, à défaut du coupable qu'on n'a pas pu atteindre?

Jamais, jusqu'alors, il ne s'était posé cette question. Les mœurs sont plus fortes que la philosophie. Discute-t-on le principe du duel, qui nous est commandé par la tradition séculaire? Un fils de Florence n'examine pas davantage ce que vaut, en morale, la loi de la vendetta.

Mais voici que ce qu'il a éprouvé tout à l'heure, la révolte de son instinct au moment de faire le geste presque machinal enseigné comme un rite, ébranle tout à coup la conviction qu'il n'avait jamais analysée. Elle reposait sur les assises de la superstition, dans le tréfonds de son être, là où s'amassent les préjugés que l'hérédité y dépose et qu'on n'exhume jamais pour les regarder au grand jour. Pourtant voici qu'elle chancelle, cette certitude ; on l'eût attaquée en vain à coups de raisonnements, mais il a suffi, pour la faire vaciller, d'une impression qui n'a duré que quelques secondes.

Celle qu'Ugo Ormanni a ressentie quand il tenait la fille de Calegari sous son revolver, quand la chair a dit : non ! lorsque la volonté disait : oui !

Puisque, au moment d'accomplir la vengeance, l'être humain peut se trouver en un tel conflit avec lui-même, puisque ce n'est pas la volonté qui a le dernier mot, mais la force obscure de la chair, — qui en sait plus long peut-être — l'effroyable droit de mort n'est donc pas très sûr?

Une heure plus tôt, Ugo Ormanni se demandait s'il n'aurait jamais le courage de tuer. Il a fait un nouveau pas dans le doute : il se demande maintenant s'il lui serait permis de tuer.

Cette nouvelle faiblesse l'irrite contre lui-même ; il se jette à bas du lit, d'un bond nerveux.

— Allons, se dit-il, qu'est-ce que j'ai donc à me poser des cas de conscience comme un théologien? Quelque chose a changé en moi. Je n'avais pas de scrupules quand ils étaient deux, sous mon arme. C'est quand elle a été seule... Oui, quand elle a été seule... c'est cela.

je les aurais bien tués ensemble... Mais dès qu'il n'y a plus eu qu'elle !... je crois... il me semble que j'ai eu pitié... Elle n'avait plus personne pour la défendre... Elle était là, confiante.... Et puis, elle était bien jolie. Si elle avait été moins jolie, je n'aurais pas eu pitié, c'est sûr. »

Et il se mit à rire, étrangement. Mais il s'arrêta tout à coup, sur un éclat plus strident, la bouche ouverte. Une pensée lui était venue.

Puisqu'en un moment pareil il avait remarqué la beauté d'Edna, — comme si cela importait, la beauté d'une condamnée à mort ! — puisqu'il y avait été sensible au point que l'arme lui était tombée de la main, c'était donc que l'Ennemie était pour lui une femme comme les autres? Un être de séduction contre lequel se brisent les traits de la justice, et qui se défend tout seul, victorieusement, par son propre sortilège?

Et si, d'abord, il avait eu envie de la tuer, quand il l'avait vue avec cet homme dont elle paraissait si amoureuse, n'était-ce point l'obscure jalousie du mâle, brusquement fouettée, qui s'était irritée en lui et lui avait prêté ce courage, qu'il n'aurait jamais plus?

Alors, il ne serait donc point impossible que cette chose monstrueuse lui arrivât, d'aimer la fille de Calegari, le meurtrier de sa mère, celle qu'il avait promis de tuer?

L'abîme s'éclaira jusqu'au fond. Dieu merci, il n'était que sur le bord ; une horreur sans nom le rejeta en arrière, crispé, roidi, hagard.

Il espéra un instant que la peur d'une telle destinée lui rendrait la force de faire son devoir. « Si je crains de l'aimer, se dit-il, c'est une raison de plus pour qu'elle meure. »

Il essaya de se représenter l'exécution. Ce serait bientôt, le plus tôt possible, par une journée accablante comme celle d'aujourd'hui. Elle viendrait encore s'asseoir à la lisière du petit bois, sous l'ombre maigre des taillis ; elle tiendrait un livre, une broderie. Elle aurait le visage baissé sur son ouvrage ou sa lecture, et, comme cela, il ne la verrait pas. Alors, il tirerait. Et ce serait fini.

Mais non. Car au moment où il braquerait son revolver, la figure blanche sous le blanc nuage du voile, les yeux noirs, presque italiens, se tourneraient vers lui, doucement. Invisible dans l'embuscade, il se croirait pourtant regardé par eux, avec une confiance si ingénue, une expression tellement candide et désarmée que, cette fois encore, il sentirait sa volonté lui échapper, sa main s'ouvrir pour laisser choir l'outil de mort, et ses genoux fléchir instinctivement pour demander pardon de l'assassinat rêvé.

Chose plus surprenante encore ! Il avait beau se dire que cet attendrissement était abominable et impie, il ne pouvait pas s'empêcher d'être heureux, quoique traître, lâche, et parjure. Une douceur inconnue descendait jusqu'au fond de sa poitrine. C'était la première fois qu'une pensée presque amoureuse le visitait, depuis qu'il était au monde. Et le malheureux s'oublia jusqu'à sourire.

La porte de la chambre s'ouvrit silencieusement. Paola s'avança sur la pointe des pieds, croyant qu'il dormait. Il venait de se rasseoir sur son lit et ne l'entendit pas approcher. Elle arriva jusqu'à lui et lui toucha affectueusement l'épaule :

— Comment te trouves-tu ? lui demanda-t-elle.

Il tressaillit. Il avait reconnu le spectre du devoir atroce qui surgissait. Il crut sentir une griffe de démon qui se posait sur lui, impérieuse, pour le ramener sur la route infernale qu'il voulait déserter. La tyrannie qui avait pesé sur lui depuis l'enfance venait le reprendre.

Il eut une révolte exaspérée :

— Mais va-t'en, cria-t-il avec violence, va-t'en donc. Je t'ai dit de me laisser.

Paola le regarda un instant, surprise. L'aînée n'était pas habituée à ce qu'il lui parlât ainsi.

Mais, après un regard au jeune homme bouleversé, dont les joues brûlaient d'une rougeur ardente, la sévérité disparut de ses traits.

— C'est la fièvre, murmura-t-elle. Dors.

Et elle se retira, sans plus de rancune qu'on n'en aurait contre un enfant malade.

Le lendemain, tandis que Paola est descendue jusqu'à la maison du garde pour donner à sa femme quelques instructions à propos du ménage, Ugo se trouve seul et rôde, désœuvré, autour de la cabane, dans le petit enclos mal défendu par une haie décrépite. Quelques œillets et quelques roses poussent là, à l'aventure ; une gerbe de phlox épanouit ses petites étoiles blanches ; et ces fleurs civilisées semblent dépaysées au milieu de l'âpre solitude. Le jeune homme les regarde avec l'attention fixe, hébétée, qu'on a parfois pour les choses les plus insignifiantes, au milieu d'une

rêverie à laquelle elles semblent parfaitement étrangères.

Peut-être, cependant, y a-t-il une correspondance mystérieuse entre ces fleurettes et l'objet auquel il songe, depuis hier surtout, avec tant de trouble. Elles ont poussé dans cet endroit de terreur, à côté des roches stériles, au-dessus de la vallée maudite qui s'ouvre à deux pas. N'en est-il pas ainsi d'Edna, dont la grâce fleurit inconsciemment dans ce désert où la mort la guette, dans le voisinage empoisonné de la haine ?

Il se promène ainsi, les yeux à terre, oubliant le paysage d'apocalypse qu'il a devant lui pour considérer la blancheur veloutée des œillets et respirer le parfum à peine perceptible d'un rosier grimpant, qui donne des fleurs jusqu'à l'automne.

Tout à coup, il relève la tête. Est-ce une hallucination ? il a cru entendre le rire en fusée qui a résonné hier à ses oreilles dans le petit bois. Il regarde. Il ne s'est pas trompé ; Edna est près d'ici ; elle se dirige vers la maisonnette, et son mari l'accompagne. Elle s'est retournée vers lui.

— Eh bien ! vous voyez, Jean, que je ne suis pas un trop mauvais guide. Nous y voilà, à la Charme !...

— Mais oui, il me semble, en effet.

— C'est tout à fait certain. N'est-ce pas, monsieur, que c'est bien l'endroit qu'on appelle la Charme ?

À peine a-t-elle lancé étourdiment cette question qu'elle rougit : elle vient de reconnaître, dans ce grand jeune homme debout dans le jardin, l'étranger qui les a croisés l'autre jour et qui lui a jeté un regard si farouche en passant.

Ugo chancelle. Comme dans un rêve, il entend sa propre voix prononcer des paroles :

— Oui, madame, c'est bien ici.

Elle lui a parlé, il lui a répondu, elle est là, presque chez lui, chez l'homme qui a promis de la tuer. Elle est là, charmante. Il n'aperçoit pas même celui qui l'accompagne ; il ne voit qu'elle, son visage, son voile, sa robe. Cette apparition remplit son regard ; elle lui cache tout le paysage. Elle lui dérobe aussi la réalité et lui enlève la mémoire. Il oublie le serment, la vengeance, le crime juré, inéluctable. Il voudrait qu'elle restât là longtemps, indéfiniment.

Edna semble avoir deviné ce désir et l'exaucer. Son regard ne se lasse pas de fouiller les profondeurs sauvages qui se creusent devant elle. Elle s'attarde longuement à sa contemplation. Puis elle ramène sa vue vers l'enclos de la maisonnette.

— Oh ! s'écrie-t-elle avec sa vivacité presque puérile, c'est une véritable oasis que vous habitez là, monsieur !

Elle remarque les fleurs.

— Et vous avez des roses ! Si tard, et dans ce désert ! mais c'est merveilleux.

Sans comprendre lui-même ce qu'il fait, Ugo se baisse vers le rosier et cueille la plus belle rose. Le fils de Beatrice Ormanni tend la fleur à la fille de Calegari.

Edna met la rose à son corsage.

— Oh ! je vous remercie, monsieur.

Gracieusement, elle le salue, elle s'éloigne avec son mari. Le groupe regagne le sentier de la Vallée-Close. Il décroît, il a disparu.

Ugo reste debout, immobile, au milieu du parterre. Et son cœur se gonfle d'une joie douloureuse à songer que maintenant, du moins, c'est fini de haïr et de lutter contre son âme. Edna lui demeure pour toujours sacrée, depuis qu'il a fait ce geste irrévocable, depuis qu'il y a entre elle et lui cette fleur donnée et reçue, la fleur du pardon tacite et de la paix.

La fleur de l'amour, peut-être...

Soudain, il frissonne. Maintenant seulement il songe que Paola aurait pu survenir tout à l'heure, pendant qu'Edna était là et qu'il lui avait donné cette rose.

Eh bien ! quoi, va-t-il trembler devant l'aînée ? Est-il son esclave ? N'a-t-il pas le droit d'avoir une conscience à lui ? Et même, oui, pourquoi pas ? un tragique, un terrible, un cher amour ?

. . . .

Elle, c'est justement *elle* que son cœur a choisie. Absurdité, démence ! Quand il y a tant de jeunes filles dignes d'être aimées, quand tout près de lui fleurit timidement la passion de cette petite Gemma, qui n'attend que la permission de l'adorer et de se donner à lui tout entière ! Il dédaigne la félicité permise, il se précipite dans l'aventure la plus insensée et la plus formidable : voici déjà qu'il se sent devenir l'amoureux esclave de celle qu'il a voulu assassiner quelques heures auparavant.

Pourquoi pas ?

La mer n'est que flux et reflux ; l'âme de l'homme n'est qu'amour et que haine, et c'est une loi nécessaire à l'harmonie universelle, qu'ils alternent inéluctablement. A peine le flot de la haine s'est-il retiré que le flot de l'amour surgit, s'élève et s'approche, s'écroule, avec le même furieux emportement, avec le même cri et le même râle.

A la minute où il a eu pitié d'Edna, l'amour est entré en lui ; le trouble et la fureur qui le bouleversaient ont changé de nature, mais ont gardé leur violence : la mer est toujours la mer, quel que soit le vent qui la soulève ou le courant qui la fait bouillonner ; la passion est toujours la passion. Quand elle cesse d'exécrer, il faut qu'elle adore. Et voilà pourquoi, puisqu'il a pu s'attendrir sur cette femme au point de l'épargner, il doit nécessairement l'aimer désormais de la même façon éperdue qu'il la haïssait.

S'il n'avait pas été son ennemi jusqu'à résoudre et préparer sa mort, trouverait-il dans son amour ce sauvage enivrement ? Cette beauté lui paraîtrait-elle aussi belle s'il n'avait pas été sur le point de la détruire, si sa main, qui vient d'offrir une rose à Edna, n'avait pas braqué sur elle le revolver ?

La nature impose à tout son rythme implacable. Peu lui importe d'être monstrueuse : elle est logique. Elle assujettit à des lois pareilles les sentiments et les forces. Elle les voue aux mêmes oscillations vertigineuses, autour du point d'équilibre où ils ne se fixeront jamais. Plus on est allé en deçà, plus loin il faut rebondir au delà. Tel est son jeu éternel.

. . . .

Sur le chemin qui traverse la plaine de la Mée, entre les falaises noires, pareilles à des caps de l'Enfer, Ugo Ormanni marche au hasard.

Il lui est impossible de rester là-haut, dans la maison trop étroite. Il y étouffe. Il y sent peser sur lui le regard de sa sœur. Elle est simplement inquiète de le voir si sombre, mais il s'imagine qu'elle pénètre son secret, le premier dont il garde le mystère avec elle, et qui fait de lui pour elle, désormais, un étranger et un ennemi. D'ailleurs, la vue de Paola lui est odieuse. Il sait que chaque pensée qui éclôt derrière ce front bas et dur, continuellement barré d'une ride par l'idée fixe, est inspirée par la même férocité têtue, et qu'une chose seule préoccupe cette créature, qu'il frémit d'appeler sa sœur ; la mort de celle qu'il aime.

Aujourd'hui encore, Santermo est revenu. C'est au moment où le Maltais débouchait du sentier montant vers la Charme par la Vallée.

Close qu'il a réussi à s'esquiver. Il s'est glissé entre les rochers, il a descendu la pente presque à pic qui dévale au-dessous de la maison, au risque de se rompre le cou. Enfin, il vient d'atteindre le fond de la vallée, il a tourné hâtivement l'angle d'une montagne qui maintenant le cache ; il n'aperçoit plus la maison maudite. Le voilà dans la plaine qui s'ouvre largement. A sa gauche s'élève le Rocher de la Justice ; devant lui, c'est le bois de pins qui précède le village de Noisy-sur-École.

A présent, il a ralenti sa marche. Mais son cœur continue de battre à coups précipités, seul bruit qu'il entende dans cette solitude. Le silence qui l'environne, le flamboiement du désert de pierres qui brûle autour de lui, la monotonie du ciel qui bleuit sans un nuage, tout cela l'étourdit, l'oppresse et lui donne le vertige. Un immense désir l'étreint tout à coup : s'asseoir sur un de ces blocs informes

Ugo arrive à la porte du cimetière.

qui grimacent au bord de la route, fermer les yeux et mourir.

Car, tout à coup, il songe que le moment approche de la lutte affreuse à soutenir contre une volonté que rien n'a jusqu'à présent désarmée. Sans savoir pourquoi, il se persuade que Santermo a enfin trouvé le moyen de préparer le crime, qu'il est venu ce matin le dire à Paola, et qu'à son retour sa sœur va lui apprendre que tout est disposé pour le meurtre et que le moment est arrivé pour lui de jouer son rôle.

Certes, quand la tyrannie de Paola heurtera sa résistance, le choc sera formidable. Il n'en a pas peur néanmoins. Mais il se sent las infiniment, d'avance. Et toujours ce soleil dont l'ardeur redouble, ce ciel qui braisille, cette terre qui s'allume : double fournaise. Il peut se croire dans ce cercle de l'Enfer où tombent éternellement des langues de flamme sur l'arène embrasée.

Il continue sa marche. Il entre à présent dans un bois de pins. L'atmosphère y est peut-être encore plus étouffante, car les arbres secs, aux ombres pauvres, gardent la chaleur qu'ils ont reçue depuis le matin. A présent, de tous côtés, la vue s'est fermée ; la solitude sans horizon se fait de plus en plus angoissante. Cependant, le sentier s'élargit, il devient un chemin de village, aux ornières défoncées par les charrois.

Et brusquement, sur la droite, un mur blanc apparaît, puis une porte grillée, à travers les barreaux, des croix blanches aux bras chargés de noires couronnes. C'est le cimetière de Noisy-sur-École. Voici tout à coup les bocages de la mort.

La vue n'en est point attristée. La plaine de cauchemar, avec ses rocs infernaux, dégageait une espèce d'horreur visionnaire ; le bois triste et souffreteux, où l'on manquait d'air, semblait, lui aussi, faire un mauvais rêve : le cimetière, champ du repos, remet devant les yeux du voyageur la réalité humaine, paisible. Une lumière sereine baigne les tombes et les âmes endormies ; elle flotte sur les débris de ce qui a vécu et souffert sous des noms inconnus : elle se joue presque comme un sourire...

Devant la porte, Ugo Ormanni s'arrêta, pacifié soudain. Il se découvrit. Ce ne fut pas seulement par respect pour ces morts ignorés : il venait de penser à sa mère qui reposait comme eux, très loin, et qu'il avait à peine connue davantage.

Pieusement, gravement, il l'évoqua dans ce lieu dont la solennité convenait si bien à un semblable colloque. Il l'interrogea dans la sincérité de sa conscience.

Etait-il vraiment coupable de ne pas vouloir assumer l'œuvre de vengeance et de refuser son bras pour le sacrifice? S'en jugeait-elle offensée, dans sa majesté de trépassée et de victime? Lui gardait-elle rancune de n'être qu'un homme, de ne pouvoir atteindre au stoïcisme de sa sœur et d'avoir peur du rôle de bourreau? Etait-il vrai que pour dormir en paix sous le soleil de Florence, elle réclamât l'holocauste humain?

Cet amour terrible qui l'accablait comme un fléau du destin, en était-elle irritée? Se refusait-elle à admettre les fatalités du cœur? Ou bien, au contraire, excuserait-elle son malheureux enfant, le plaindrait-elle d'aimer une femme qu'il ne posséderait jamais et qui était son ennemie?

Une morte doit tout comprendre ; elle est à la source de la paix et de l'intelligence. Dans ce jardin de l'éternité, qui souriait de toutes ses fleurs épanouies, il régnait une telle douceur ! Comment croire que ces chers ensevelis gardent des colères et des haines? Un ordre impitoyable peut-il monter d'une tombe que baise la lumière, et qui retient autour d'elle le vol des papillons et des abeilles, cœurs vagabondes des âmes?

Ugo crut entendre une réponse dans le frémissement des arbres qui surplombaient les murs du cimetière. Le vent qui se levait passa sur sa tête nue comme un murmure d'absolution ; la ronde des insectes éclatant dans la nappe de lumière lui parut plus joyeuse. Il lui sembla que la nature lui signifiait, par cette fête, que la mort voulait bien pardonner à la vie, qui a ses droits, elle aussi.

Non, il n'était pas criminel parce qu'il laissait vivre Edna. Ni même parce qu'il l'aimait, hélas !

A présent, il ne se dissimulait plus cet amour à lui-même. Il trouvait, au contraire, une joie sauvage à y fixer sa pensée obstinément, jusqu'à ce qu'il ressentît l'ivresse de son malheur.

« Je l'aime, je l'aime, je l'aime ! » répétait-il à haute voix, pour s'exalter de cette parole. Un infini douloureux et pourtant délicieux à en mourir lui gonflait le cœur. Il lui sembla que jamais la misère et la folie humaines

n'avaient été plus loin, et cette pensée lui était une raison de s'abandonner avec plus d'emportement à l'amour sans nom et sans espoir, les yeux fermés, comme on glisse à l'abîme, dans la volupté du suicide.

Il aimait Edna maintenant pour la même raison qu'il l'avait haïe, jusqu'à vouloir l'assassiner : parce qu'elle était le malheur de sa vie. Pour tout ce qu'elle lui avait coûté déjà dans le passé, alors qu'elle lui représentait l'Ennemie qu'il fallait abattre, sans prendre le temps de songer à soi et aux mille bonheurs de l'existence. Pour tout ce qu'elle allait lui coûter dans l'avenir : son orgueil, son honneur, l'affection de sa sœur qui allait se changer en une de ces terribles haines fraternelles qui ne se peuvent comparer à aucune autre. Pour le sacrifice qu'il lui faisait de sa dernière chance de bonheur ici-bas, la passion naïve de Gemma, la petite orpheline qui rougissait quand on parlait de lui, et qui l'aurait adoré à genoux s'il eût daigné seulement y consentir.

Non seulement Edna ne l'aimerait jamais, puisqu'elle était uniquement éprise de l'homme qu'elle avait épousé par amour, mais elle devait l'exécrer comme un bandit. N'était-il pas le fils de Filippo Ormanni, qui avait voulu assassiner son père, le frère de Paola Ormanni qui lui avait écrit à elle-même la lettre atroce? N'était-ce pas lui et sa sœur dont la haine avait condamné, pendant des années, la fille de Calegari à une fuite apeurée à travers l'Europe, sous la menace continuelle de la mort? S'il se présentait devant elle, il lui ferait l'effet d'un démon. Elle s'évanouirait d'horreur et d'épouvante.

Ugo se disait ces choses en regardant le soleil jouer sur les tombes fleuries ; et, en se les répétant, il sentait son ivresse s'exalter encore. Vraiment, le sort lui envoyait là une infortune digne des cœurs les plus héroïques, et le traitait comme ses plus illustres victimes. Il saurait porter cet effroyable honneur. Il saurait tirer de l'épreuve infernale un plaisir divin. Il ouvrait son âme toute grande à la passion qui s'y précipitait ; il la défiait de le faire assez souffrir et jouir. Qu'est-ce que l'amour heureux à côté de l'amour maudit que la malédiction exaspère? Et n'est-ce pas aimer deux fois que d'aimer dans le désespoir?

Ici repose en paix... disaient les inscriptions funéraires à demi effacées. Elles n'exprimaient que le rêve de la mort. Il n'y a point de paix pendant la vie.

IV

— Enfin, dit Santermo, j'ai trouvé.

— Vrai? s'écria Paola Ormanni toute palpitante.

Ses yeux brillaient, sa figure éclairée semblait avoir rajeuni. Elle ne se ressemblait plus à elle-même, illuminée par la certitude de la vengeance comme une autre femme aurait pu l'être par un bonheur d'amour.

Quant au Maltais, il gardait sa physionomie fermée, presque maussade. Il ne partageait nullement l'exaltation de Paola : il n'était guère plus ému que s'il lui eût annoncé la conclusion de quelque affaire commerciale à laquelle il n'aurait eu luimême ni à gagner ni à perdre. De toutes façons, son temps et ses efforts lui étaient payés d'avance, comme il l'avait exigé formellement.

— Voilà, reprit-il du ton bourru qui lui était ordinaire. En servant à table, je les ai entendus souvent parler d'un de leurs amis qu'ils se reprochent d'avoir un peu négligé depuis leur mariage. Un certain René Prémery... J'ai noté cela et différentes petites choses. Par exemple, il demeure avenue de l'Alma... Mais ils ne savent pas où il est actuellement, parce qu'il ne leur a pas écrit depuis longtemps. M. Valmer croit qu'il les boude... C'est important, cela.

— Pourquoi?

— Laissez-moi finir... Puisqu'ils ignorent où il est, ils ne seront pas surpris de recevoir une dépêche de lui, arrivant de Paris, où il a son domicile.

— Évidemment.

— Eh bien ! si M. Prémery demandait d'urgence à M. Valmer, par télégramme, de venir le rejoindre à Paris pour quelque chose de grave?... Qu'en dites-vous?

— Vous croyez qu'il irait sûrement?

— Oui. Mais si, par impossible, le coup manquait, s'il ne partait pas ou si, par hasard, il recevait une lettre de ce Prémery, datée de l'Écosse ou de la Norvège, jamais il ne se douterait d'où la fausse dépêche serait venue. Il n'irait pas me soupçonner, moi, son domestique respectueux, de l'avoir mystifié, n'est-ce pas?

— Mais si *elle* veut l'accompagner?... Puisqu'ils ne se quittent jamais !...

— Pas de danger, s'il s'agit d'une absence de vingt-quatre heures, pour une affaire où la présence d'une femme serait plutôt gênante.

— Quelle affaire?

— Voyons, vous n'avez pas deviné? Un duel. C'est très simple. De passage à Paris, ce Prémery a une querelle. Comme tout le monde est à la montagne, à la mer ou à l'étranger, — surtout son monde à lui, — il n'a pas un seul témoin sous la main. Il a vaguement entendu dire que Valmer passait l'été à Arbonne ; c'est à lui, comme au moins éloigné, qu'il demande le service. Valmer est un peu ennuyé de la corvée. mais il accepte parce qu'on ne refuse pas ces choses-là à un ami, surtout quand on a eu quelques torts. Voilà. Lui parti, le reste vous regarde. Rosalia et moi, nous nous arrangerons, bien entendu, pour que Madame soit seule. Cela va-t-il?

— Oui. Mais qui portera la dépêche au bureau de Paris?

— Croyez-vous que je n'y ai pas songé? Avant de venir m'enterrer ici, j'ai couru de côté et d'autre, et surtout dans un quartier où je savais rencontrer des compatriotes, dans l'îlot de la rue Richer et du boulevard. Parmi eux, j'ai eu la chance de retrouver un ancien associé à moi, un charmant camarade qui m'est dévoué, car je sais de ses histoires : je lui ferai couper le cou quand je voudrai, et il ne l'ignore pas. Il se chargera de ma commission très volontiers. Êtes-vous satisfaite?

— Oui. Je vous remercie.

A présent qu'elle était sûre de la réussite, elle était devenue très grave, et elle semblait savourer sa vengeance avec une sorte de recueillement.

Santermo s'impatientait :

« Il faut que j'aille reprendre mon service, dit-il avec brusquerie. Je vous quitte. Mais il vaut mieux terminer promptement l'affaire. Maintenant que vous savez tout, dites : est-ce que je puis agir immédiatement? Songez que ce Prémery peut revenir réellement d'un moment à l'autre, ou écrire lui-même : alors notre plan ne vaudrait plus rien.

— Je regrette que mon frère ne soit pas là, mais il n'a d'autre avis que le mien. Il ne me désavouerait pas, certainement... Eh bien, oui, vous pouvez agir tout de suite.

— Bon. Alors, voici comment je procéderai : mes « maîtres » — il prononçait le mot avec une terrible ironie — ont l'intention d'aller respirer l'air, tout l'après-midi, dans la forêt, aussitôt après le déjeuner. Ils nous ont même donné notre demi-journée, à Rosalia et à moi. Ce serait dommage de ne pas en profiter... Je vais envoyer à mon camarade une longue dépêche pour l'avertir de ce qu'il a à faire, sans lui fournir de détails : je ne suis pas un enfant. Je lui donnerai le texte exact de celle qu'il devra adresser à M. Valmer. Et j'irai porter le télégramme à Barbizon. Ce soir même ou demain matin, à la première heure, arrivera le poulet de M. Prémery. Je vous ferai savoir aussitôt le résultat ; mais, pour moi, il n'y a pas de doute. Pendant le temps que *mon maître* devra employer pour ce petit voyage, même s'il ne fait qu'aller et venir, il pourra se passer bien des choses... Je me charge de simplifier la besogne de votre frère en procurant à Madame une heure de sommeil agréable après son déjeuner ou son dîner (c'est moi qui lui prépare son thé, d'habitude). Par exemple, aussitôt qu'elle sera endormie, Rosalia et moi, nous disparaîtrons. Nous serons déjà bien assez compromis... Nous laisserons la maison vide, les portes ouvertes. Nous nous tiendrons de l'autre côté de la route, dans le petit bois... Puis, quand *ce sera fini*, nous vous aiderons pour faire disparaître... ce que la justice n'a pas besoin de voir... Il y a d'abord le puits, derrière la maison... Il y aurait même quelque chose de meilleur... si l'on a la chance que l'opération puisse se faire la nuit... Vous savez ce que je veux dire?...

— Oui, répondit-elle froidement.

— Alors, au revoir. Je crois que je ne perdrai pas mon temps cet après-midi.

Il sortit ; Paola le suivit des yeux un instant. Puis elle rentra dans la maison, gagna sa chambre.

Au-dessus de son lit, contre la muraille, à côté d'une mauvaise photographie, presque effacée, de Beatrice Ormanni, était épinglée une image de la Vierge. L'Italienne se mit à genoux, et, les coudes enfoncés dans la couverture, le visage caché dans ses mains, elle pria.

Elle pria avec une foi sincère, comme avant une bataille. Pas un instant elle n'eut l'idée que la Mère de miséricorde, la Fontaine de douceur, la Porte du ciel, pût s'offenser d'être implorée pour la réussite d'un meurtre. Les folles filles lui demandent de rendre leurs amoureux fidèles, et Elle daigne en sourire. Comment s'irriterait-elle de la supplique émanée d'un cœur filial et fraternel, en faveur de la plus juste des causes? Elle-même, Paola, par l'austérité de sa vie, n'était-elle pas une espèce de sainte, qui pouvait converser avec la Reine du ciel? Pourtant, un scrupule lui vint, un remords la poignit. Naguère, quand tout semblait perdu et l'œuvre irréalisable,

elle avait eu un moment de révolte contre la Providence : elle avait blasphémé comme Job, en niant la justice divine. Elle en demanda pardon à la Vierge de tout son cœur.

Quand elle eut fini, elle releva une face transfigurée : pour quelques instants, l'enthousiasme effaça sur ses traits la marque des années cruelles qui avaient compté double. Puis l'impatience la prit. Ugo tardait bien à rentrer, et elle aurait tant voulu lui annoncer la grande nouvelle !

Elle sortit. Elle fit quelques pas sur le plateau dévoré de soleil ; elle regarda de tous les côtés, autour d'elle. Rien encore...

Ugo, après sa méditation farouche devant le cimetière de la Mée, avait rebroussé chemin ; il allait lentement, son exaltation tombée. Il réfléchissait à la terrible situation : à mesure que son regard s'y attachait, il découvrait de nouveaux abîmes.

Lorsqu'il aurait déclaré à Paola son refus de commettre le crime de vengeance pour lequel ils s'étaient associés, et rompu, en même temps que ce pacte, tous les liens fraternels entre elle et lui ; lorsqu'il se serait attiré sa haine inextinguible et irréconciliable, tout ne serait pas fini encore. Il ne lui suffirait pas de se retirer du complot pour qu'Edna fût sauve. Paola prendrait sa place, et elle assumerait seule la tâche qu'il repoussait de toute son horreur.

Comment l'en empêcher et se mettre en travers du crime? Il était prêt à lui barrer la route de son corps, mais il la connaissait trop pour espérer l'intimider ou l'attendrir. Quand il lui aurait dit ce qu'il allait lui dire tout à l'heure, il n'existerait plus pour elle, sinon comme le cadavre du frère qu'elle avait aimé. Elle ne ferait cas ni de ses supplications, ni de sa mort, ni de sa vie : car, pour elle, il serait mort déjà.

Et cependant, à tout prix, il fallait sauver celle pour qui il sacrifiait tant. Il fallait la faire échapper à la férocité de l'autre. Comment? La prévenir du danger, sans doute?

Mais, ce danger, il devait d'abord le connaître, apprendre de Paola elle-même ce qu'elle préméditait.

Subitement, sa résolution fut prise.

Il dissimulerait avec sa sœur jusqu'à ce qu'elle lui eût tout découvert. S'il y avait du nouveau aujourd'hui, comme il en avait le pressentiment, tant mieux ! Dans un instant tout serait terminé. Dès son retour, Paola, la première, s'empresserait de lui faire

savoir le plan qu'elle avait élaboré avec Santermo ; pour ce qui suivrait, il y était pré-
paré.

Ou bien il se trompait et Santermo n'était
pas prêt encore. Alors il garderait, tant qu'il
le faudrait, le masque du criminel. Il saurait
jouer cette comédie. Il semble que l'homme,
malgré tout, ait plus de forces pour l'amour
que pour la haine. Hier, il était impuissant
à dompter son agitation et la révolte de ses
nerfs quand il s'agissait d'accomplir le
meurtre ; aujourd'hui qu'il fallait sauver la
victime, il se sentait le courage d'endurer,
d'attendre et même de feindre.

« Pourvu qu'elle ne meure pas ! » dit-il tout
haut, comme poussé par une inspiration irrésistible qui eût commandé à ses lèvres en
même temps qu'à son cœur.

Il refaisait le même chemin que tout à
l'heure, d'un pas plus mesuré, non plus comme
un homme qu'un démon intérieur chasse
vers les déserts et qui emporte avec lui son
tourment dans sa course, mais comme celui
qui va au-devant de son destin, consciem-
ment.

« Pourvu qu'elle ne meure pas ! » Cela seul
importe. Pour lui, qu'est-ce qu'un peu plus
ou un peu moins de malheur ? Il est né sous
une étoile violente et infortunée : la vie s'est
desséchée autour de lui et ne peut plus
refleurir. Il n'y a qu'une façon de se venger
du sort : c'est de lui arracher sa proie et de
tromper le sort en sauvant Edna. Être un
damné et trouver moyen de s'offrir tout de
même cette joie : l'amour ! Un amour généreux qui procure le salut d'autrui par son
propre sacrifice ! C'est encore une espèce de
bonheur.

Ugo est parvenu enfin sur la crête du plateau. Après quelques pas, il semble vouloir
s'arrêter tout à coup, mais ce n'est rien :
domptant les battements de son cœur, il
continue sa marche, d'air tranquille et la tête
haute.

Sa sœur, debout sur la porte de la maison,
le regarde venir.

V

— Te voilà ! s'écria Paola Ormanni en prenant le bras de son frère. Entre vite. Je suis
bien heureuse... Enfin !

Tout occupée d'elle-même et joyeuse à l'a-
vance de la bonne nouvelle qu'elle allait lui
apprendre, elle ne remarqua pas le mouvement que son frère venait d'avoir malgré lui.

Ces quelques paroles, tronquées par l'émotion,
avaient suffi pour donner à Ugo la certitude
que le moment de la lutte terrible était arrivé.

Elle le poussait, brusque, autoritaire, et le
faisait passer devant elle. Ils pénétrèrent
dans la maison. Soigneusement, Paola refer-
ma la porte, comme si quelqu'un du dehors
avait pu les épier dans cette solitude.

Quand ils furent en tête à tête :

— C'est pour ce soir, ou pour demain. Tu
entends, Ugo ? Cette fois, c'est définitif, irrévocable. Plus que quelques heures d'attente, et
ce sera fini. Santermo a tout combiné. Oui,
je suis bien heureuse. Et toi ?

Ugo fait signe de la tête. Certes, il aime
mieux qu'il en soit ainsi. Séparés par un
abîme de haine et d'amour, tous deux au
moins sont d'accord pour souhaiter la fin de
l'angoisse qui use leurs forces.

— Je vais t'expliquer tout, reprend Paola
de sa voix enfiévrée. Mais d'abord, laisse que
je te regarde et que je t'embrasse, puisque
c'est toi qui vas enfin nous venger et consoler
notre pauvre mère. Je t'aime, mon Uguccio !

Elle l'a pris dans ses bras, elle l'attire contre
sa poitrine. Toute la chair d'Ugo se révolte :
il lui semble qu'un démon l'étreint dans son
envergure et s'apprête à lui donner l'affreux
baiser qui scellera sa damnation. Et, en effet,
les lèvres de Paola s'appuient sur sa joue.
Qui donc penserait qu'il puisse y avoir tant
d'horreur dans le baiser d'une sœur à son
frère ? C'est à l'assassin d'Edna qu'elle croit
le donner.

Quelle force surhumaine faut-il à Ugo pour
ne pas se débattre et s'arracher à l'étreinte,
pour ne pas crier à la sauvage créature qui
s'imagine avoir en lui un complice, un frère
digne d'elle par sa férocité :

« Tu te trompes ! Je ne suis plus ni l'un ni
l'autre. Laisse-moi ! il n'y a plus rien de commun entre nous, puisque j'ai reconquis mon
humanité à présent ! »

Mais elle l'a lâché. Le désir qu'elle a de tout
lui dire abrège l'effusion.

— Maintenant, écoute, reprend-elle, et tu
vas voir que ce Santermo est vraiment un
homme habile. Tu as eu la main heureuse
en le choisissant.

Elle dévoile alors le plan si bien machiné ;
elle en fait ressortir un à un tous les avan-
tages et les dispositions qui, même en cas
d'insuccès, écartent tout risque sérieux,
puisqu'on ne doit agir qu'à coup sûr, le mari
absent, la jeune femme endormie. Elle y
ajoute des conseils, froidement, implacable-

ment formulés : pas d'arme, même muette ; pas de sang. Les mains du justicier feront simplement un collier un peu rude au cou de la dormeuse. Le corps disparu, on ne saura pas s'il y a eu meurtre, enlèvement ou fuite. Et pendant que la justice hésitera, doutera et tergiversera comme elle en a l'habitude, incertaine entre les hypothèses et les pistes diverses, Ugo et sa sœur gagneront Fontainebleau par la forêt, et ensuite Paris, d'où ils prendront le train à la gare de l'Est. Ils se rendront à Florence par la Suisse et par Milan. Santermo et Rosalia monteront en wagon à la Chapelle-la-Reine, et rentreront en Italie par la route de la Savoie, s'étant embarqués à la gare de Lyon. Ils ne se rencontreront donc ni au départ ni en cours de route.

L'attention avec laquelle Ugo l'a écoutée a tellement accaparé son âme qu'il n'a pas eu besoin de jouer la comédie du calme ; il ne songeait qu'à suivre la pensée des deux criminels et à préparer la défense. L'heure n'était plus aux vaines agitations.

Et maintenant qu'il sait tout, va-t-il se démasquer ? Va-t-il dire à sa sœur que tout son édifice de haine s'écroule par la base, que celui qu'elle avait réussi, jusqu'alors, à entraîner dans sa folie homicide lui échappe, qu'il s'est enfin ressaisi, qu'il a horreur de sa férocité passée, et que l'innocente, condamnée par elle, vivra malgré elle, qu'Edna vivra parce qu'il l'aime ?

Non, pas encore, il est trop tôt. Avec l'aide du bandit qui la conseille, Paola pourrait accomplir, à sa place, la chose atroce. Il faut dissimuler encore, jusqu'au dernier moment, jusqu'à ce que la créature monstrueuse, cette vierge d'enfer qu'il n'ose plus appeler sa sœur, n'ait plus le temps d'agir.

Il fait cet effort de féliciter Paola pour l'ingéniosité du crime si bien ordonné, d'en discuter les détails, de demander des explications. Il s'y intéresse suffisamment : elle ne peut rien soupçonner. Son visage ne marque peut-être pas l'enthousiasme qu'elle aurait attendu, mais c'est qu'il se recueille, sans doute, qu'il assure d'avance sa volonté

et sa main, ou que la joie qu'il éprouve est trop austère et trop grave pour se répandre en paroles vaines.

Cependant, les heures passent. Autour de la maison et du jardin le jour décline. Les vallées profondes, au-dessous, commencent à s'emplir d'une ombre violette, puis mauve, puis couleur de cendre. Le soleil a disparu : il

Edna fumait avec gourmandise, en renversant la tête.

laisse au ciel des traînées d'incendie qui rougeoient longtemps au-dessus de la plaine noire, comme si le feu qui l'a dévorée naguère venait tout à coup de se rallumer. Puis elles s'atténuent ; après le jour, c'est le crépuscule qui meurt maintenant.

Paola s'assombrit.

— Ce ne sera pas pour ce soir, dit-elle.

Elle l'avait pourtant bien espéré. En y réfléchissant, elle se rend compte que c'eût été difficile. Le camarade de Santermo aurait eu à peine le temps d'envoyer la dépêche, à supposer qu'il se fût trouvé chez lui au moment où celle du Maltais lui était parvenue. Et de Barbizon à Arbonne il faut un exprès.

La nuit s'est faite complètement. Santermo ne viendra plus.

Machinalement, et parce que c'est l'heure, la sœur et le frère se mettent à table. Ils sont assis l'un en face de l'autre ; entre eux est un bouquet de bruyères qui achève de mourir dans un vase. C'est l'Innocent qui les a cueillies. Une vieille lampe éclaire pauvrement le repas. Paola est vêtue de deuil, comme toujours. Ugo porte une vareuse noire. Habillés des mêmes couleurs sombres, avec des visages qui se ressemblent, des attitudes presque pareilles, des gestes qui ont l'air de se copier mutuellement, comme il arrive à ceux qui n'ont jamais cessé de vivre ensemble, ils offrent en apparence une conformité absolue d'âme et de pensée. Jusqu'à leur regard qui, par moments, s'anime de la même expression : celle de l'impatience anxieuse.

Et, demain, ils seront ennemis pour toujours. Et en cet instant même, ce que l'un d'eux médite affolerait l'autre au point de lui faire saisir peut-être le couteau qui traîne sur la table sans nappe, pour l'enfoncer dans le cœur fraternel. Si elle *savait*, Paola laisserait-elle vivre Ugo ?

Il est bien vrai que chaque âme est un abîme insondable pour les autres âmes ; c'est un des phénomènes les plus émouvants de la vie que deux êtres humains puissent se trouver proches l'un de l'autre jusqu'à se toucher, sans que chaque conscience cesse d'être, pour la conscience voisine, aussi mystérieuse, aussi inconnue, qu'un gouffre scellé. S'il en était autrement, si le regard de l'homme pouvait descendre au fond du cœur des autres, ainsi qu'au fond d'un puits dont on a levé le couvercle, il y verrait de telles choses qu'il ne pourrait plus vivre à côté d'eux. La haine se déchaînerait chez tous, à l'instant même, avec une telle violence que le monde finirait sans doute par une extermination mutuelle.

Mais les âmes gardent inviolablement leur secret. Pour quelques heures encore, tant qu'il se taira, Ugo demeure aux yeux de Paola, qui le couve de sa tendresse et de son admiration silencieuses, le justicier, le vengeur, le frère aimé comme un amant et comme un fils, par celle qui dédaigna la maternité et l'amour pour un rêve féroce. Le repas s'achève languissamment la lampe faiblit et char-

bonne. Dehors, sur le plateau descend une grande paix étoilée.

Mais personne, cette nuit, ne dormira dans la maison de la Charme, ni Ugo ni Paola. Cependant, le premier, Ugo propose d'aller se coucher : il a besoin d'être seul. Une seconde fois, Paola l'embrasse, plus passionnément encore. Mais il n'éprouve plus la même révolte contre ce baiser : il arrive même à le lui rendre naturellement. Il est entré dans son rôle, qui est de feindre jusqu'au bout. D'ailleurs, demain tout sera fini.

Paola regagne sa chambre. Elle se jette au pied de son lit, à genoux devant les deux images sacrées, et de nouveau elle prie.

. . . .

Le lendemain, dans la villa du Bois-Rond, Edna et Jean achèvent leur déjeuner. Le café fume dans les petites tasses, qui semblent faites pour une dînette de poupées ; Edna a tiré de l'étui que son mari lui a offert une cigarette au parfum de miel ; elle l'allume et la porte à ses lèvres, d'un mouvement qui fait glisser la manche large du peignoir le long de son bras. Elle fume avec gourmandise, en renversant la tête, le bras nu toujours levé. Jean, qui est assis à côté d'elle, et non en face, comme un amoureux, se penche, et baise le creux charmant du coude. Puisque le domestique est sorti...

Au même instant, celui-ci rentre correct, ayant l'air de n'avoir rien vu. Il s'approche de Jean ; il lui tend un plateau sur lequel il y a une enveloppe bleue.

— Une dépêche, s'écrie Jean. Il y a donc encore quelqu'un qui se souvient de nous ? Nous qui oublions si bien les autres !

— De qui est-ce ? demande Edna, curieuse et amusée, tandis qu'il ouvre le télégramme.

— Attendez... Ah ! non, ah ! par exemple, c'est assez drôle ! Devinez... C'est de Prémery.

— Nous n'y songions guère à ce pauvre garçon. Et qu'est-ce qu'il nous veut ?

Jean lut à haute voix :

M'excuse vous demander service urgent. De passage à Paris, ai eu affaire absurde. Rencontre inévitable. Tous amis absents. Prière vouloir bien m'assister ; espère trouver second témoin. Encore pardon pour corvée, mais impossible faire autrement. Vous attends chez moi toute la journée. — Amitiés.

PRÉMERY.

— Il tombe bien, celui-là, s'écrie Valmer. Nous étions si tranquilles ! Ce garçon qui n'a jamais eu d'affaires avec personne, et qui prend juste le moment où je suis à Arbonne, pour en avoir une. Qu'est-ce que vous voulez, chère amie, il faut que j'y aille. Il n'y a pas moyen d'éviter la corvée, comme il dit. Mais le fait est que c'en est bien une. Et surtout vous laisser seule !... Enfin, il faut s'exécuter, tant pis !

— Soit, répliqua Edna, je tâcherai de ne pas trop m'ennuyer. Mais comment allez-vous faire pour vous rendre à la gare ? D'ici au tramway de Barbizon, il y a deux lieues. Vous n'allez pas faire le chemin à pied, j'espère, par cette chaleur et cette poussière.

— Non. Le maire d'Arbonne s'est montré très aimable pour nous, déjà. Je vais lui demander de mettre sa voiture à ma disposition... Ou, plutôt, je vais envoyer le domestique... Louis !...

— Monsieur ?

— Vous avez entendu ; il faut que je parte le plus tôt possible. Vous allez faire ma commission à M. Thiébaut. Je vous donnerai ma carte avec un mot pour lui. Vous lui expliquerez. Si la chose ne pouvait s'arranger de cette façon, tâchez de me trouver une voiture dans Arbonne, à n'importe quel prix.

— Bien, monsieur.

Une heure après, la victoria du maire s'arrêtait devant la porte de la villa. Louis sauta vivement à terre et rejoignit ses maîtres, qui étaient assis dans des fauteuils d'osier, devant leur porte.

— M. Thiébaut a dit qu'il était enchanté d'être agréable à monsieur. Le domestique va conduire monsieur jusqu'à Melun. Pour le tramway, monsieur aurait trop longtemps à attendre.

Et il ajouta, avec déférence :

— Monsieur me permettra de lui souhaiter bon voyage.

VI

Edna vient de dîner seule. C'est la première fois depuis son mariage ; aussi s'en trouve-t-elle tout attristée et désorientée. Elle a dû faire effort pour achever ce repas solitaire ; cette place vide à côté d'elle lui donnait l'impression d'être un peu veuve. Heureusement, Louis semble avoir mis une espèce de coquetterie à se surpasser dans l'exécution du menu destiné uniquement à sa maîtresse ; elle triomphe de sa répugnance et veut bien chipoter les mets élaborés avec tant d'art. Néanmoins, elle se sent nerveuse.

Louis apporte le plateau à thé : d'abord, elle le refuse.

— J'ai peur que cela ne m'agite, ce soir, dit-elle.

Le domestique ne sourcille pas.

— C'est que je l'ai fait très léger, dit-il. Je crois que madame peut le prendre sans crainte. »

Edna se laisse persuader facilement. Comme à toutes les Anglaises, le clair breuvage lui est presque indispensable.

Avec la même impassibilité, Louis la sert ; elle boit, distraitement, à petites gorgées, le liquide à peine parfumé, et, de temps à autre, grignote un gâteau sec et mince, quelque galette au goût salé.

Santermo la regarde vider peu à peu la théière ; il a un imperceptible clignement d'yeux. Tout va bien.

— Allez dîner, Louis, lui dit-elle avec bonté. Je n'ai plus besoin de vous.

— Merci, madame.

Il sort.

Edna continue à rêvasser pendant quelques instants. Puis elle se lève pour secouer cette mélancolie qui est vraiment absurde. Va-t-elle pleurer comme une fillette, parce que son mari a été obligé de la laisser seule pendant une soirée ? Puisqu'il reviendra demain... Quand ils seront à Paris, il faudra bien qu'elle s'habitue aux absences de Jean : un homme a toujours quelques affaires. Elle se raisonne ainsi, tout en marchant.

Si elle essayait de lire ? Justement, elle a là-haut, dans sa chambre, un livre amusant qu'elle s'est fait envoyer de Paris. Elle prend la petite lampe et monte l'escalier.

Assise sur sa chaise longue, la lumière disposée sur un guéridon, elle commence sa lecture. C'est singulier, qu'a-t-elle donc, ce soir ? Elle a peine à suivre le dessin des phrases ; le fil des idées se brise à chaque instant. Comme elle a la tête lourde ! Et ses paupières qui se ferment malgré elle ! Cependant, aujourd'hui, elle s'est fatiguée moins que jamais ; elle n'est pas sortie de la journée. Est-ce qu'elle va être malade ? Elle doit avoir une triste mine.

Elle prend la glace à main qui se trouve sur le guéridon, à côté de la lampe, et, inquiète, elle s'examine. Il ne faut pas que Jean, à son retour, trouve au logis une femme pâle, avec de vilains cercles noirs sous les yeux.

Mais non, jamais elle n'a été plus fraîche. Un peu hâlée, peut-être, mais cela ne déplaît

pas à Jean, qui l'appelle sa petite fermière.
Une bien jolie fermière, en peignoir Watteau.

Elle se sourit à elle-même et s'approuve,
tant l'image qui lui apparaît dans le cadre de
filigrane la rassure pleinement.

Une idée gaie lui traverse la tête. Elle vient
de penser à Prémery. Elle ne peut vraiment
pas prendre au tragique le duel de ce pauvre
garçon. Lui si courtois, si cérémonieux, d'une
politesse apprêtée et savante, protocole vivant des usages mondains, comment a-t-il pu
se faire une affaire avec quelqu'un? La chose
est d'un imprévu comique.

Elle en rirait si elle était moins lasse. Mais,
en vérité, elle l'est extrêmement. Pourtant,
elle ne veut pas se coucher encore ; elle lutte.
Elle aperçoit sa mandoline accrochée au mur.
Elle la prend. Sous ses doigts, l'instrument
aux vibrations frêles et courtes se met à
chanter, avec son tremblement argentin, la
mélodie cent fois entendue à Beaulieu : *la
Bella Cosa.*

Non, décidément, il n'y a rien à faire contre
le sommeil ; elle lui cède. La mandoline glisse
de sa main sur le divan. Le buste d'Edna se
renverse en arrière : une pile de coussins le
reçoit. Ses yeux se sont clos brusquement, son
corps s'est fondu dans une langueur telle que
tout mouvement lui a été impossible. Elle
n'a pas pu se lever pour gagner son lit.

Sur le guéridon laqué, la petite lampe brûle.
Dans la chambre, où la chanson napolitaine
ne frémit plus, on entend, à présent, le souffle
régulier de la dormeuse.

Glissant de marche en marche comme une
ombre, Santermo a monté l'escalier ; il s'arrête sur le seuil, regarde.

— Bonne nuit ! dit-il cyniquement.

Puis il sort, il redescend. Le long de l'escalier se répondent des voix étouffées.

— Rosalia !

— Eh bien?

— Elle dort. Partons.

Il y a deux ombres maintenant, au bas des
marches. Elles sortent de la maison. Elles
débouchent dans la lande : elles font deux
taches d'encre sur la bruyère inondée de clair
de lune. Sauf les bois, tout noirs, le paysage
est un lac d'argent, sous l'absolu silence de la
nuit.

— C'est ennuyeux, dit Santermo. Il fait clair
comme en plein jour.

— Regarde là-haut, comme les sables
brillent.

— Raison de plus pour ne pas nous mêler
du reste de l'affaire.

— Oh ! cela les regarde, maintenant.

— Oui, tu leur as assez mâché la besogne.

— Entrons dans le petit bois.

Ils traversent la route, ils se glissent dans la
garenne. Il ne leur reste plus qu'à attendre, au
plus épais du fourré, d'où cependant ils peuvent apercevoir la maison dans un écartement
des branches et surveiller la route.

Rien : autour d'eux, le noir épais, presque
tangible, troué de points lumineux, tout trem-
blotants, qui sont des lucioles. L'obscurité
rend les humbles taillis vaguement formidables. Au-dessus d'eux, au contraire, un ciel
pâle à force d'être lumineux, tellement que les
étoiles semblent s'y éteindre ; la blancheur
de la voie lactée, du nuage de lait, se répand
avec une douceur infinie entre les pôles. A
travers les branches, un morceau de campagne
se montre, découpé dans une plaque d'argent
comme un paysage japonais : le rocher de la
Reine, la lande du Bois-Rond et la maison
fatale, dont une seule fenêtre est éclairée :
celle de la chambre où la victime endormie,
inerte, attend le destin.

Sous le couvert qui cache les deux ombres,
des paroles s'échangent, des souffles :

— Penses-tu qu'ils viendront bientôt?

— Il faut le temps. Ce n'est pas ici la
Charme.

— Tout a été bien convenu?

— Puisque je te le dis !

Peu s'en faut que Santermo se fâche. Les
femmes ne valent rien dans ces affaires-là.
Toujours leurs nerfs ! Et cependant celle-là
en a tant vu !

Une demi-heure se passe.

Rien. Mais on entend un roulement lointain sur la route. Il se rapproche ; il grossit ;
on distingue maintenant un bruit de grelots.
C'est une voiture qui vient d'Arbonne. Le
trot du cheval paraît assez vif ; il remplit la
nuit sonore.

Pourvu qu'ils n'arrivent pas juste à présent, dit la Rosalia presque à voix haute.

Son compagnon lui donne un coup de
coude.

— Vas-tu te taire?

La voiture est tout près maintenant ; la
voici, elle passe devant eux. Le rayon rouge
de la lanterne éclaire violemment les sous-
bois. Santermo a tiré Rosalia en arrière, par
le bras. La voiture est passée.

La capote baissée n'a pas permis de voir le
conducteur, mais Santermo a reconnu l'équipage.

— Voilà encore le grand Pierre qui va godailler dans les cabarets des environs. C'est sa manie de réveiller les aubergistes. On n'ose pas le renvoyer parce qu'il est riche. Si par malheur il nous avait vus, jamais nous n'aurions pu nous débarrasser de lui. Allons, bon, qu'est-ce qui lui prend? Le voilà qui s'arrête !

Une lubie d'ivrogne, sans doute. A cent mètres, la voiture est immobile au milieu du chemin. L'homme s'est mis à chanter à tue-tête.

« Est-ce qu'il va rester là? » murmure Santermo inquiet.

Non : à la voix avinée succède une fanfare de coups de fouet claqués en coups de fusil, la voiture repart. Longtemps on entend le trot du cheval, jusqu'à ce qu'une montée l'ait forcé de ralentir son allure. Puis la campagne est rendue au silence.

Ugo et Paola n'arrivent toujours pas, Santermo écoute, attentif aux moindres bruissemens du feuillage. On entend quelquefois une fuite rapide dans les bruyères, des branches s'agitent au ras du sol, et de petites ombres agiles passent dans un rayon, sortant des ténèbres pour s'y replonger bien vite. Ce sont des lapins, que le clair de lune met en gaîté.

Rien d'autre. On ne devine aucune approche humaine dans la nuit.

Rosalia s'énerve de plus en plus.

« C'était bien pour dix heures? demande-t-elle.

— Mais oui.

— Ils sont en retard.

— Je le sais bien.

— Qu'est-ce que nous allons faire?

— Attendre jusqu'à la dernière limite.

— C'est-à-dire?

— Jusqu'au jour. Tant qu'il ne fait pas jour, il n'y a pas de danger.

— Et s'ils ne viennent pas?

— Nous irons tout droit à la gare de la Chapelle, comme il est convenu. Nous aurons le temps d'y arriver pour le premier train. J'ai l'argent, c'est l'essentiel. »

Quelques minutes s'écoulent encore.

Puis on entend un bruit de pas rapides, mais étouffés par le tapis d'herbes qui recouvre le chemin. Santermo tressaille :

« Cette fois, je crois que ce sont eux, » dit-il.

Il sort avec précaution du taillis ; sur le bord du sentier, il regarde.

Il n'aperçoit qu'une ombre : celle d'Ugo. Il va à sa rencontre.

« Comment, vous êtes seul?

— Oui, répond Ugo, l'air égaré, la voix méconnaissable.

— Pourquoi donc cela? Vous aurez besoin

d'être deux tout à l'heure. Et, je vous l'ai dit, la Rosalia et moi, nous ne voulons pas nous exposer pour vous... Enfin, vous vous arrangerez. Mais comme vous êtes bouleversé ! Tâchez de vous remettre, et dépêchez-vous. Elle dort, mais vous êtes venu si tard ! J'ai peur qu'elle ne se réveille... »

Ugo ne l'écoute pas ; il marche vers la maison.

. . . .

Quand l'heure fixée pour le meurtre est arrivée, Paola a pris la main de son frère :

« Allons, Ugo ; il est temps. Partons ! »

Il a retiré sa main et regardé sa sœur en face. Puis, d'une voix ferme, il a répondu :

« Non, Paola ; j'irai seul ! »

Elle se méprend sur le sens de ces paroles ; elle croit qu'il veut lui épargner le danger toujours possible, ou qu'il redoute, de sa part, quelque faiblesse de femme. Cette pensée l'humilie. Pour elle, de tels ménagements sont une injure.

« Qu'est-ce que cela signifie? réplique-t-elle avec colère. Il a été décidé que nous irions ensemble, tout à l'heure encore, quand Santermo est venu nous dire que la chose était prête.

— Eh bien ! j'ai changé d'avis, voilà tout. Je te répète que j'irai seul.

— Et tu crois que cette réponse-là va me suffire, à moi, qui ai tout fait jusqu'ici, qui ai combiné toute l'affaire? Sans moi !... Toi, tu n'étais bon qu'à errer comme un furieux ou à rester dans un coin, abattu comme un enfant. »

Ugo ne réplique rien ; il fait un mouvement pour sortir.

Elle court à lui et le prend par le bras.

« Écoute, Ugo, j'ai eu tort de te dire cela. Nous sommes énervés tous les deux, nous ne savons plus bien le sens de nos paroles. Mais moi, du moins, je devrais être raisonnable. Je te demande pardon de ce que je t'ai dit, surtout à cause du moment où je te l'ai dit. Cette heure-là est sacrée. Nous l'avons assez désirée tous les deux, n'est-ce pas? »

Elle le regarde ardemment avec la double ferveur de sa haine et de son amour fraternel, un moment éclipsé, et qui reparaît plus fort.

Ugo la regarde aussi. Mais de quelle étrange manière ! Il y a dans ses yeux une sorte de curiosité apitoyée, d'étonnement, comme s'il avait devant lui une créature démente, qui s'obstinerait à lui parler un langage incompréhensible. Un rictus indéfinissable a crispé ses lèvres.

« Qu'est-ce que tu as? lui demande Paola dans une angoisse soudaine. Pourquoi souris-tu ainsi? Cesse : j'ai peur. »

Elle a peur, en effet. Elle vient enfin de qui confirment sa crainte sans éclaircir son doute. Mais il a repris aussitôt :

« Que crois-tu donc que je vais faire, dans quelques instants, là-bas? Réponds-moi ! »

Cette fois, elle n'hésite plus : c'est la folie qui parle. L'approche de l'heure décisive a donné le dernier coup à cette raison troublée depuis quinze jours par l'exaltation de la fièvre et du délire.

Ugo devient fou, et là-bas l'œuvre terrible est commencée ; la fille de Calegari, endormie, — qui sait pour combien d'heures ou de minutes? — attend la mort sur son lit, victime offerte. Et depuis longtemps les deux complices sont postés dans le bois. Le passage d'un rôdeur attardé, un réveil imprévu d'Edna ; tout sera perdu peut-être.

« Réponds, » fait durement Ugo.

Éperdue de rage et de crainte, à demi folle elle-même, elle balbutie des syllabes vaines.

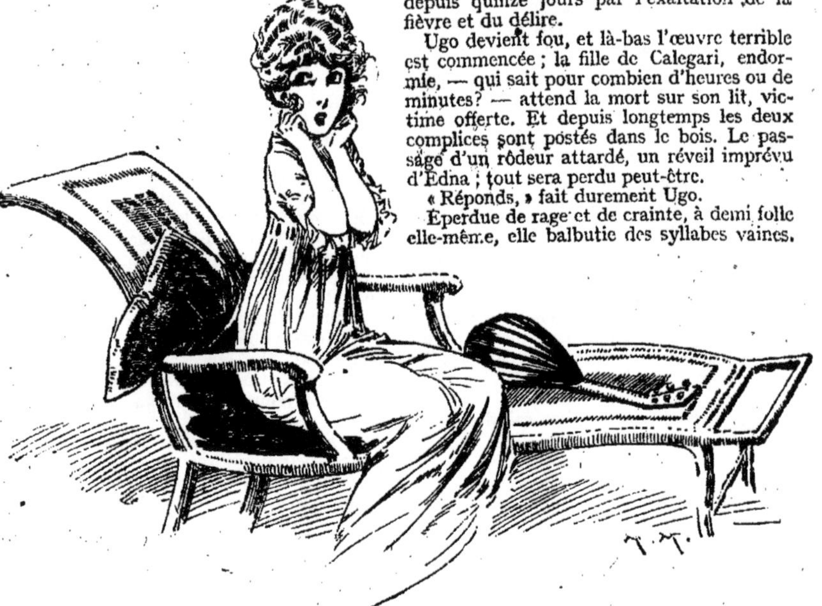

Edna entend avec terreur des pas dans la maison déserte.

comprendre qu'il se passe en ce moment quelque chose d'inexplicable et de redoutable. Ugo a changé : une âme qu'elle ne connaît pas est entrée en lui, comme un esprit maléfique dans le corps d'un démoniaque. Ce n'est plus lui, ce n'est plus son frère. C'est un étranger, un ennemi qui la regarde, en la fascinant de ce mauvais sourire.

« J'ai pitié de toi, Paola, dit Ugo lentement, son visage contre le sien. Il faut que ta vie — pareille à celle que tu m'as fait mener — t'ait rendue aveugle pour toutes choses, excepté une seule : tu ne devines pas encore le bouleversement qui s'est accompli en moi? »

L'angoisse de Paola augmente à ces paroles, « Eh bien ! je te le dirai. Je ne vais pas tuer Edna Calegari, fille de Demetrio Calegari qui tua notre mère. Edna est innocente... Attends, ce n'est pas tout. Je vais la sauver, tu m'entends? »

Toute blanche, les lèvres retroussées sur les dents, comme une lice prête à mordre, Paola l'écoutait prononcer ces paroles sur un ton de défi.

Il ajoute, cette fois avec l'accent d'une tristesse infinie.

« Je vais la sauver parce que je l'aime.

— Oh ! misérable ! »

Ce n'est plus un fou qu'elle a devant elle, c'est un traître, un fils impie et déshonoré, un criminel pire que Calegari, un parricide qui assassine leur mère une seconde fois. Elle veut se jeter sur lui : l'épouvantable haine fraternelle, plus implacable que toutes les autres, s'allume dans ses veines.

Mais il a deviné son mouvement ; il l'arrête et la maintient, serrée contre le mur.

« Je l'aime, dit-il, et c'est ta faute. Tu as voulu faire de moi un ascète du crime, étouffer ma jeunesse pour m'asservir à ton horrible chimère : tu n'as pas réussi. L'amour s'est vengé de nous deux, de toi et de moi : j'aime celle qui ne m'aimera jamais, et je t'empêcherai de la tuer, de contenter ta monstrueuse envie.. Oui, je vais chez Edna Calegari, mais c'est pour la sauver, la prévenir...

— Et pour me dénoncer ?

— Ne crains rien. Je ne dénoncerai que moi-même. Toi aussi tu es avertie, maintenant. Si tu veux, pars. Pars tout de suite.

— Je te remercie, » dit-elle froidement.

D'une brusque poussée, elle se délivre.

« Et tu as pu croire, s'écrie-t-elle, que cela se passera ainsi ? Tu t'imagines que je vais profiter de ta générosité ou de la sienne ? Ah ! non. Que tu sois un misérable, c'est ton affaire. Mais moi, je ne trahis pas les morts. C'est moi qui ferai ta besogne, entends-tu ? Ah ! tu veux m'empêcher de te suivre. Eh bien ! je te précède. »

Et elle s'élance vers la porte, devant laquelle il s'est placé. Elle se met à le griffer et à le mordre, comme une bête. Mais lui la saisit par le milieu du corps, et, de toute sa force, l'envoie rouler à l'autre bout de la chambre. Avant qu'elle se soit relevée, il a franchi la porte et donné deux tours de clef à la serrure. Une fois dehors, il galope comme un fou, sous les étoiles.

La fenêtre est fermée, les volets mis. Elle ne pourra pas sortir. Enfin, il va être auprès d'Edna, il va pouvoir la sauver. Que deviendra-t-il après ? Peu importe.

Pourvu qu'elle ne meure pas !

Il s'enfonce, éperdument, dans la vallée et dans la nuit.

Paola, forcenée, l'écume aux dents, s'acharne contre les volets. Mais la barre est mise au dehors.

Edna vient de se réveiller.

C'est étrange : qu'a-t-elle donc ? Il lui semble qu'elle n'a pas dormi naturellement. Elle se sent tellement lasse ! Combien de temps a duré son sommeil ? Elle n'en a aucune idée, mais il doit être très tard. Elle ferait mieux de se mettre au lit. Si elle appelait la femme de chambre ? Elle appuie le doigt sur le timbre de la sonnerie électrique qu'elle a fait poser depuis peu. Un tintement clair retentit, se prolonge en vibrations grêles. Personne ne vient. La camériste s'est sans doute couchée. A moins qu'elle ne soit sortie en cachette ; sait-on jamais, avec ces domestiques de rencontre ? Une terreur la prend à l'idée que Louis est peut-être sorti également ; des histoires de cambrioleurs assassins lui reviennent. A tout prix elle veut se libérer de cette angoisse, elle sonne encore, longuement, espérant que l'un des deux, au moins, entendra son appel. Personne ne vient. Alors, elle a peur tout à fait ; elle écoute le silence, anxieusement.

Tout à coup, elle frissonne. Elle a entendu des pas dans l'escalier. Qui peut monter ainsi à cette heure ? Quelqu'un gravit les marches en courant ; le voilà sur le palier ; il est sur le seuil.

Edna l'a reconnu ; c'est celui qu'elle a vu à la Charme, le jeune homme avec qui elle a causé et qui lui a offert une rose. Ce ne doit pas être un malfaiteur ordinaire ; c'est peut-être pis.

Elle se souvient de la timidité et du trouble qui semblaient alors le paralyser en sa présence, et de sa parole hésitante, et de ses étranges regards à la fois craintifs et passionnés. Si cet homme l'aimait, s'il avait payé les domestiques pour lui ouvrir la maison ? Elle a la sensation d'un danger plus terrible que tout ce qu'elle rêvait.

Il la regarde fixement ; il ne parle pas encore. Ce silence l'affole.

« Monsieur !... » dit-elle.

Il tressaille ; il ouvre la bouche, enfin.

« Pardonnez-moi, madame, d'être venu chez vous au milieu de la nuit et de vous avoir effrayée. Je n'ai pas pu faire autrement. Il fallait vous voir sans retard, vous prévenir. »

A ce moment, la voix lui manque. L'aveu formidable ne peut sortir de ses lèvres.

« Me prévenir ?... De quoi ?... demande la jeune femme, haletante comme lui.

— D'un danger imminent, terrible... Comment vous dire... Enfin, madame, ne vous alarmez pas de ma présence ici, puisque je suis venu uniquement pour vous soustraire à ce danger ; moi seul je le pouvais... Et je vous suis tout dévoué ! Si vous saviez !... »

Edna croit deviner obscurément quelque

machination grossière, un péril inventé tout exprès pour la contraindre à se confier au prétendu sauveur. Sa défiance augmente encore.

« Mais qui êtes-vous donc, monsieur? demande-t-elle avec hauteur à l'inconnu.

— Qui je suis? Oh! mon Dieu, comment pourrais-je vous l'avouer?... Mais, avant que je me nomme, laissez-moi vous répéter que vous n'avez rien à craindre de moi, que vous pouvez, au contraire, tout attendre de mon dévouement, disposer de ma vie même, de mon honneur... Je suis... D'avance, je vous demande pardon de prononcer ce nom... Je suis, madame... le fils de Filippo Ormanni.

— Mon Dieu!... » s'écria Edna qui se laisse tomber sur le divan, à la renverse.

Les Ormanni!... Elle ne pensait plus à eux, elle avait réussi à les oublier!... L'amour heureux avait fait ce miracle.

Et, tout à coup, le spectre qu'elle croyait pour jamais conjuré surgit devant elle. De ses deux mains, elle se voile la figure.

Ugo Ormanni reprend. Sa voix s'est raffermie; il a dompté l'affolement de son cœur:

« Cette nuit, vous deviez être assassinée. Votre mari avait été éloigné exprès par une fausse dépêche. Vos domestiques s'étaient retirés, en laissant les portes de la maison ouvertes à la mort. Et cette mort, c'était moi qui devais vous l'apporter! »

Edna ne répondait rien, muette d'épouvante. Mais il vit le mouvement de ses épaules qui frissonnèrent.

Il continua:

« Depuis mon enfance, on m'avait élevé dans l'idée que je devais reprendre contre la famille de Calegari la vengeance qui était tombée des mains de mon père. A ce devoir féroce, j'ai dû sacrifier tout: le travail, l'amour et l'ambition. Il fallait que le vengeur fût isolé et libre. Il m'a été interdit d'avoir une affection, un foyer ou une carrière. Pour en finir, las et désespéré, je suis entré dans ce complot contre vous. Je vous haïssais, à cause de tout ce que m'avait coûté l'obligation de vous poursuivre et de vous immoler. Une espèce d'honneur sauvage me poussait la main. Il y a quelques jours, j'ai failli vous tuer. Là, dans le bois, je vous ai tenue sous mon revolver. Je n'ai pas pu tirer; j'ai senti que je ne pourrais jamais accomplir mon horrible tâche.

« Alors, j'ai continué, quand même, à jouer mon rôle de vengeur, avec ceux qui m'avaient entraîné; sans cela, *quelqu'un* aurait pris ma place et ne vous aurait pas épargnée. Et moi, je voulais vous sauver. Voilà. Me croyez-vous? Vous voyez, je ne vous cache rien: je vous ai dit que j'avais été votre ennemi mortel et que j'avais voulu vous tuer. Je suis aussi sincère quand je vous dis que je suis ici maintenant pour votre salut. Me croyez-vous, dites?... »

Edna ne répondit pas. Ses mains ne voilaient plus sa figure, mais elle gardait la tête baissée, les regards cloués au tapis. Il lui aurait été impossible de lever les yeux sur cet homme.

« Vous voulez que je m'en aille? » ajouta-t-il.

La tête baissée s'inclina encore davantage, pour dire oui.

« Hélas! reprit-il tristement, c'est impossible. Vos ennemis sont là, tout près, en embuscade. La mort est à quelques pas de vous, tapie dans l'ombre. Si je sors, elle entrera.

— Laissez-moi mourir, murmura-t-elle, si faiblement qu'il l'entendit à peine.

— Vous me haïssez donc plus que la mort?

— Je vous crains davantage.

— Vous n'avez plus à me craindre. Je ne peux plus désormais vous faire de mal. »

Il se tut un instant. Puis, la voix plus sombre:

« Savez-vous pourquoi, Edna Calegari? C'est que je vous aime!

— Oh! non, non! s'écria-t-elle dressée dans une révolte suprême. Non, pas cela! Taisez-vous. C'est trop horrible! »

Elle était debout, maintenant, toute droite; elle étendait en avant ses mains frêles, aux doigts écartés, comme pour repousser un spectre qui se fût approchée d'elle.

Ugo Ormanni avait fait un pas en avant.

« Je vous aime, répéta-t-il lentement. Je vous aime de toute mon âme. Sans cela, vous seriez déjà morte, entendez-vous? C'est horrible, n'est-ce pas? Moins pourtant que l'amour de votre père, Demetrio Calegari, qui a tué ma mère, Beatrice. Mon amour à moi vous sauve. Oui, c'est comme cela. Moi, le fils de la victime, je vous sauve, vous la fille de l'assassin. Jugez s'il faut que je vous aime!

— Partez. Laissez-moi mourir, gémit-elle de nouveau.

— Encore? Vous devriez me traiter avec plus de douceur, Edna Calegari. Songez que pour vous je me déshonore, je trahis des amis... (Il allait dire une sœur, mais il s'arrêta à temps.) Je leur donne le droit de me mépriser. Ce n'est pas un amour ordinaire celui qui fait faire ces choses-là à un homme... Oui, Edna, je vous aime. Eh bien ! justement, à cause de cela, prenez garde ! »

Il avança encore : elle ne bougeait pas, terrifiée. Le divan l'empêchait de reculer.

« Ecoutez, j'étais venu ici très humble, soumis à tout ce que vous auriez voulu.. Après vous avoir arrachée à la mort, qui vous épie d'en bas, je n'aurais plus rien demandé, je serais parti, vous laissant en sûreté, content. Mais, depuis un instant, je sens que je ne suis plus le même. C'est votre faute. Il n'aurait fallu qu'un mot qui m'aurait fait comprendre que vous étiez touchée. Vous ne l'avez pas dit. Vous avez eu tort. A présent, je me suis ressaisi, votre mépris m'a désabusé. Je vois plus clair dans mon âme. Je sais maintenant comment je vous aime. Ce n'est pas de l'affection, de la pitié, comme je l'ai cru. Entre un Ormanni et une Calegari, ces sentiments-là n'ont pas de raison d'être. C'est quelque chose de farouche, c'est notre haine qui n'a fait que changer de nom. Edna, je vais me venger d'une autre manière. Je vous veux, à présent. Je vais vous prendre.

— Pas vivante, en tout cas. »

Elle se tient devant lui, pâle et droite, comme un fantôme.

« Ugo Ormanni, vous ne m'aurez pas. Vous ne pouvez que me tuer. Et, je vous l'assure, la mort ne m'effraie point. Vous ne me faites plus peur. Autrefois, oui, c'est vrai, j'ai vécu dans la terreur de votre nom : vous avez été le mauvais démon qui revenait dans tous mes cauchemars. Je n'étais qu'une jeune fille, je n'avais ni aimé ni vécu, et j'étais lâche. A

Ugo et Paola creusant la tombe d'Edna.

présent, c'est autre chose, j'ai l'âme d'une amoureuse qu'on aime et qui est forte de son amour. Tuez-moi, faites-votre office de bandit si vous voulez. Je méprise la mort qui me viendra de vous, comme je vous méprise vous-même : autant que je l'adore, lui, mon mari, mon amant.

— Tais-toi, » rugit-il.

Il l'a renversée sur le divan ; elle se débat, les yeux dilatés, la bouche ouverte, pour crier et pour mordre. Il lui écrase la poitrine sous 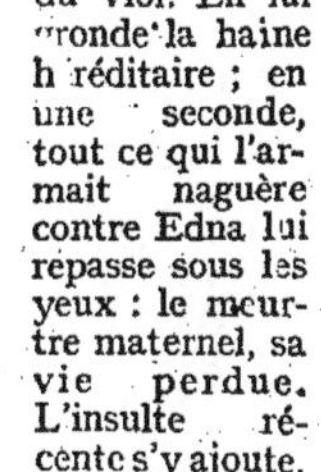 ses poings furieux ; elle se tord dans ses bras avec des soubresauts de tout son corps, ainsi qu'une biche agonisante sous l'épieu du chasseur. Cette chair convulsive, qui se débat, allume en lui, tout à coup, une autre ivresse que celle du viol. En lui gronde la haine héréditaire ; en une seconde, tout ce qui l'armait naguère contre Edna lui repasse sous les yeux : le meurtre maternel, sa vie perdue. L'insulte récente s'y ajoute. Et alors, obéissant enfin à la suggestion très ancienne qu'on a déposée en lui et qui reprend toute sa force, il consent au meurtre. Ses mains abandonnent le corps pantelant, elles se nouent autour du cou, elles le serrent plus fort, toujours plus fort, à mesure que les râles deviennent plus lamentables...

C'est fini, les membres ne tressaillent plus, la gorge haletante s'est apaisée comme une vague retombe. Le corps est immobile ; dans le visage contracté, les yeux sont démesurément ouverts et le regardent pendant qu'il se relève, très lentement.

« Enfin ! » dit une voix qui sort de l'ombre à côté de lui et fait dresser ses cheveux.

C'est Paola qui est entrée.

Elle a réussi à sortir de la Charme. Avec la hachette qui sert à fendre le bois, elle a brisé les volets ; puis elle a pris sa course à travers les halliers de la Vallée-Close. Elle a du sang aux mains et, à la figure, car plus d'une fois elle a glissé et elle est tombée dans les fourrés d'épines où se perd le chemin. Elle est arrivée au moment où son frère venait de renverser la victime sur le divan ; elle a entendu les dernières paroles d'Edna, et elle a tout compris. Cachée dans un angle obscur, elle a laissé agir la destinée.

Edna Calegari devait mourir comme Beatrice Ormanni, du féroce amour de l'homme.

Paola regarde pourtant avec un peu de mépris ce frère qui n'a trouvé que dans une fièvre de luxure le courage de tuer, — ce courage qu'il n'a pas eu pour venger sa mère. Puis elle sort, et, se penchant sur la rampe de l'escalier, elle appelle :

« Paulet ! »

Elle a rencontré en chemin l'Innocent qui vagabondait par les bois à son habitude, bayant aux étoiles et rêvant à la lune. D'un geste, elle lui a ordonné de la suivre. Et il l'a suivie comme un chien.

« Va voir s'il ne vient personne sur la route. Regarde bien, surtout. »

Paulet sort et revient au bas des marches.

« Tu n'as vu personne?

— Non.

— Monte. »

L'Innocent obéit. Il entre dans la chambre. Il aperçoit la morte ; il fait un mouvement. Mais Paola le regarde, et, sur un signe d'elle, il est près du divan où s'allonge la forme rigide. Ugo demeure hébété.

Sa sœur s'impatiente.

« Allons, prends-la par les épaules. Dépêche-toi. »

Stupide, inconscient, il fait ce qu'elle ordonne. L'Innocent saisit les pieds chaussés de mules roses.

Oh ! l'effroyable descente dans l'escalier noir !

Les voilà sur la route, brillante de lune. Vite, il faut gagner le bois. Le blanc fantôme et les ombres qui le portent disparaissent sous les taillis.

Santermo et Rosalia sont là, à l'endroit convenu.

« J'ai cru que cela ne finirait jamais ! gronde le Maltais, bourru. Tenez, j'ai apporté ce qu'il faut. »

Il tend à Paola deux pelles, prises sous le hangar de la villa.

« Vous ne nous accompagnez pas jusque-là? demande-t-elle.

— Non : la lune donne en plein. De la route on pourrait voir. J'en ai assez fait et Rosalia aussi. Adieu !

— Adieu. »

. . . .

Le cortège avance lentement à travers les cépées. La morte est toute blanche, et le clair de lune lui tisse un linceul d'argent. Les étoiles palpitent avec douceur. De temps en temps une larme d'or s'en détache, glisse et roule le long du ciel. La Voie lactée semble un suaire délicat qui flotte d'un pôle à l'autre. Les souffles frais chantent des psaumes qui naissent mystérieusement, s'élèvent à peine et retombent parfois ; les pins sont comme une double haie de pleureuses sous les voiles de deuil, au passage du cortège. La nuit est suave et funèbre, l'ombre est pieuse, le firmament attendri.

Comme la morte légère pèse aux bras d'Ugo ! Il lui semble qu'elle veuille le tirer avec elle vers la terre, à laquelle elle appartient déjà. Comme il est lourd à porter, ce crime !

Alors l'aînée le regarde avec une méprisante pitié, devinant que sa faiblesse cède au poids de sa responsabilité.

« Repose-toi, » dit-elle.

Il refuse d'un mouvement de tête farouche. D'ailleurs, on arrive. Les voici enfin au pied des sables blancs, sur lesquels frissonnent les fantômes gris des bouleaux.

La pente est rude, le sol glisse ; il a l'air de se refuser à être complice et de rejeter de lui l'horreur qu'on lui impose. Encore quelques efforts. Voici le sommet sur lequel une dune de sable s'enfle à la base et s'arrondit en coupole à la cime.

« Ici ! » dit Paola.

. . . .

Les deux pelles, maniées par les deux mornes fossoyeurs, creusent sans cesse le trou qui s'élargit au flanc de la montagne blanche. Le sable est fin comme de la cendre, il est d'argent sous le clair de lune spectral. Les outils y pénètrent sans peine. Les ombres des ouvriers s'allongent démesurément sur le tapis livide de la lande ; leurs gestes furieux s'amplifient : on dirait deux gigantesques démons, s'activant à quelque infernale besogne. La rage du meurtrier a gagné l'Innocent, et tous deux s'exaltent, pris par l'ivresse de la mort.

La tombe est prête ; on y couche la forme rigide et frêle. C'est fini de cette grâce et de cette jeunesse pour une éternité.

Le sable retombe sur elle, il la recouvre, il l'ensevelit. Chaque pelletée épaissit le mystère autour d'elle. Demain, la justice fouillera la maison, interrogera la chambre vide. Personne ne se doutera que la morte est cachée là-haut, sous les sables blancs, pareils à des glaciers, que le vent ride comme une onde, et d'où s'envole une poussière de neige. Elle reposera sous la dune, en face des bois et des champs d'Arbonne et du cirque sévère des rochers. Et sa tombe ne sera visitée que par les oiseaux un instant posés ou par quelque biche fourvoyée, dont le sabot laissera sa trace pour une heure. Ceux même qui l'ont creusée ne la retrouveraient plus, car la face de cette solitude blême se renouvelle éternellement sous les souffles du ciel.

IMPRIMERIE CRÉTÉ
CORBEIL (S.-ET-O.)

www.ingramcontent.com/pod-product-compliance
Ingram Content Group UK Ltd.
Pitfield, Milton Keynes, MK11 3LW, UK
UKHW020024100726
13658UKWH00003B/1095